中国历代通俗演义故事·农闲读本

七侠五义

原著　俞樾
编著　王琦峰
插图　姚博

吉林出版集团股份有限公司

图书在版编目(CIP)数据

七侠五义 / 王琦改编. —长春：吉林出版集团股份有
限公司，2008. 11(2023.8 重印)

(中国历代通俗演义故事：农闲读本)

ISBN 978-7-80762-954-2

Ⅰ.七… Ⅱ.王… Ⅲ.章回小说—中国—清代—缩
写本　Ⅳ. I242.4

中国版本图书馆 CIP 数据核字(2008)第 165839 号

QIXIA　WUYI

书　　名　七侠五义
出版策划　崔文辉
责任编辑　赵晓星
出　　版　吉林出版集团股份有限公司
　　　　　(长春市福址大路 5788 号，邮政编码：130118)
发　　行　吉林出版集团译文图书经营有限公司
　　　　　(http://shop34896900.taobao.com)
制　　作　猫头鹰工作室
电　　话　总编办 0431-81629909　营销部 0431-81629880
印　　刷　三河市金兆印刷装订有限公司
开　　本　889×1194 毫米　1/32
印　　张　6
字　　数　102 千字
版　　次　2008 年 11 月第 1 版
印　　次　2023 年 8 月第 2 次印刷
标准书号　ISBN 978-7-80762-954-2
定　　价　38.00 元
　　　　　(如有印装质量问题请与出版社调换。联系电话:18533602666)

前　言

　　《七侠五义》是我国古代通俗小说的重要代表作品,其前身《三侠五义》是由清代咸丰、同治年间的著名说书艺人石玉昆所写的,后来由清代的俞樾改名为《七侠五义》。

　　《七侠五义》一书在当时广为流传,受到人民的喜爱。后来又出现了《小五义》《续小五义》《后续小五义》等续书。《七侠五义》共一百二十回,本书由于篇幅所限,将主要的故事情节概括在十五回中。全书主要围绕着七侠(南侠展昭、北侠欧阳春、双侠丁兆兰、丁兆蕙、黑妖狐智化、小诸葛沈仲元、小侠艾虎)和五义(五鼠:钻天鼠卢方、彻地鼠韩彰、穿山鼠徐庆、翻江鼠蒋平、锦毛鼠白玉堂)展开故事情节。讲述七侠五义在包公的带领下除暴安良,杀贪官污吏、拯救百姓的侠义故事。

　　本书一方面介绍了包公的成长经历:包公的出生带有神秘的色彩,成长的道路充满坎坷。但是他克服了各种艰难险阻,终于得到了皇上的重用,成为坐镇开封府、为民做主的包青天。包公断案如神,传说他可以昼审阳间,夜审阴间。包公刚正不阿,从来不畏惧权贵,敢于为百姓伸冤。包公的成功与侠士们的帮助是密不可分的,南侠展昭和公孙策等人都是包公的得力助手。展昭曾多次帮助包公捉拿坏人,公孙策经常为包公出谋划策。包公礼贤下士,双侠、北侠和五鼠等人都愿意帮助他。另一方面,本书突出描写了"七侠五义"的侠义精神。侠客历来是人们推崇的对象,这不仅是因为他们本领高强、武功出神入化,而且因为他们拥有扶弱济困的侠义心肠。他们敢于对抗社会的黑暗势力,为了拯救别人不惜牺牲自己。

本书故事内容引人入胜,情节充满悬念、扣人心弦。各位侠客忠肝义胆,人物形象鲜活生动:英气勃发的南侠展昭、机智沉稳的北侠欧阳春、足智多谋的公孙策、重情重义的双侠、忠厚老实的卢方、性骄气傲的白玉堂和诙谐幽默的蒋平,每个人物都个性鲜明。在这些人物的身上寄托着人们对英雄的崇拜、对正义的渴望、对美好生活的向往。《七侠五义》真的不愧为一部气势恢宏、浩气长存的古典通俗武侠巨著,非常值得大家阅读。

编　者

目录

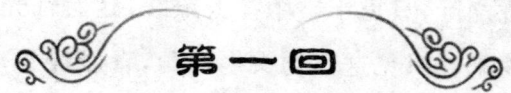

第一回
奎星兆梦包拯出世
金龙寺南侠救包公

　　江南庐州府合肥县内有个包家村,村里有一个员外叫包怀,他田产众多、骡马成群,为人乐善好施、安分守己,人人都叫他"包善人",又叫"包百万"。包怀夫妻二人都已经四十多岁了,一共有两个儿子,大儿子叫包山,娶妻王氏,生了一个儿子,还没有满月;二儿子叫包海,娶妻李氏,还没有儿女。他弟兄二人虽是一母所生,性格却大不相同:大爷包山为人忠厚老诚、正直无私,恰恰娶的王氏也是个好人。二爷包海为人尖酸刻薄、奸险阴毒,偏偏娶的李氏也是心地不好。幸亏老员外治家有方、规范严肃,大爷凡事宽和,尽量让着兄弟。就是妯娌之间,王氏也是从容和蔼,在小婶面前从不计较。李氏虽然刁悍,也难以施展。因此一家人还算是和和睦睦、欢欢喜喜。没想到包员外的妻子四十多岁了,竟然怀了孕,但是员外并不高兴。老来得子是一件好事,包员外为什么这么烦恼呢?原来因为他夫妻二人都是近五十岁的人了,已有两个儿子,都已经娶媳生子,如今又养起儿女来了。再者妻子年纪大了,难免影响身体。因此每日忧烦,闷闷不乐。

　　且说包员外这天在书斋里发愁,不知不觉伏在几案上睡着了。蒙眬之际，只见半空中祥云缭绕，猛然红光一闪，面前落下个怪物来。只见这怪物头生双角，青面红发，巨口獠牙，左手拿一银锭，右手拿一朱笔，跳着舞跑到面前来。员外大叫一声醒来，原来是一个梦，吓得心嘣嘣直跳。正在出神的时候，忽见丫鬟掀起门帘进来说："员外，大喜了！方才夫人产下一位公子，奴婢特来禀知。"员外听了，抽了一口凉气。愣了多时，说了一声："罢了，罢了！家门不幸，生此妖邪。"急忙站起来，一步一咳地到后院看夫人。幸好夫人没什么事，略问了几句话，连小孩也不瞧，回身直往书房来了。

单说包海之妻李氏回到自己房中对包海说："好好儿的'二一添作五'的家产如今弄成'三一三十一'了，你说怎么办才好？"包海说："我也正为这事发愁呢。刚才爹把我叫到书房，告诉我他刚梦见一个青脸红发的怪物从空中掉下来，把他吓醒了，谁知就生了这个小孩，我细想必是咱们东地里的西瓜成了精了。"李氏听了撺掇说："这还了得！要是留在家里一定晦气，古书上说妖精入门，家败人亡。如今赶快趁早儿告诉老当家的，把他抛弃在荒郊野外，不是省了心，就是家产也省得'三一三十一'了，一举两得，你想好不好？"包海一听，乐了，连忙起身来到书房，一见员外，把这主意说了一遍，但不提起家产一事。员外正因这件事烦恼，一听包海的话正合了念头，连声说道："此事就交给你，快快办去。将来你母亲若问时，就说生下不多时就死了。"包海领命，回身来到母亲的房里，骗说婴儿已经死了，急忙抱出来，用茶叶篓子装好，抱到锦屏山后，见一坑深草，便将篓子放下。刚要把婴孩倒出来，只见草丛里有绿光一闪，原来是一只猛虎正瞪着他。包海一见魂不附体，差一点连尿都吓出来了，顾不得篓子和孩子，一溜烟地跑回家。顾不得告诉爹，直跑到自己房中倒在炕上，说道："吓死我了！吓死我了！"李氏忙问道："你是遇到鬼了，怎么吓成这个样子？"包海定了定神才说："利害！利害！"一五一十地把事情告诉李氏："你说可怕不可怕？只是那茶叶篓子没有拿回来。"李氏笑道："你真是'整篓洒油，满地捡芝麻'，大处不算小处算咧！一个篓子能值几个钱？一份家产省了，不是件高兴的事吗！"包海笑嘻嘻道："果然是'表壮不如里壮'，这事多亏贤妻你，这孩子管保叫虎给吃了！"

谁知他两在屋内说话，不料窗外有耳。恰巧包山的妻子王氏从此经过，听得一清二楚，急忙回到屋中，细想此事真是残忍，又着急又心疼，竟然落下泪来。大爷包山从外边进来，见了便问："怎么了？"王氏将刚才听到的话告诉了他，包山说："竟然有这种事！不要紧，锦屏山不过五六里地，我前去看看，再作道理。"说罢，立刻出房去了。王氏自丈夫去后就担惊受怕，怕找不到三弟，又怕丈夫受伤。再说包山急急忙忙奔到锦屏山后，果然看见一片深草，四下里寻找，只见茶叶篓子横躺在地，里面却没有小孩。大爷着忙了，连说："不好！大概是被虎吃了。"又往前走了好几步，只见一片草都倒了，足有一尺多厚，上面爬着个黑漆漆、亮油油、赤条条的小孩。大爷一见，满心欢喜，急忙打开衣服将小孩抱起揣在怀内，转身奔回家来，悄悄地回到自己屋里。王氏正在家里等得着急，见丈夫回来了，才将悬着的心放下了。又见抱了三弟回来，喜不自胜，连忙将衣襟解开，接过包公抱在怀里。谁知小包公到了怀内，天生的聪俊将头乱拱，像是要吃奶的样子。王氏便将乳头放在包公口内，慢慢地喂哺。包山在旁与妻子商议："如今虽将三弟救回，但我房中忽然有了两个小孩，别人看见恐怕会起疑心啊！"妻子说："不如将咱们的儿子寄养在别人家里，我只是哺乳三弟，岂不两全其美？"包山听后觉得可以这么做。正巧本村的乡民张得禄的妻子刚生一子，未满月就死了，正在乳旺之时，如今得了包山之子十分欢喜。从此，小包拯就在哥哥和嫂子的庇护下慢慢长大，人们都不知道他的真实身份。

光阴似箭，日月如梭。六个年头过去了，包公已经七岁了，因为长得黑，大家都叫他黑子。奇怪的是从小到七岁，他从来没有哭过也没有笑过。每天都是哭丧着小脸不言不语，就是人家逗他，他也从不理人。因此人人都嫌弃他，除了包山夫妻百般爱护外，别人都不喜欢他。

这天周老夫人过生日，王氏带着黑子给婆婆拜寿，夫人见到黑子很高兴，将他抱在怀中说："六年前，我也生了一个孩子，没想到刚生下来就死了，要是活着也和他一样大了。"王氏听了，看两旁无人，便连忙跪倒禀道："求婆婆原谅媳妇胆大之罪，这个孩子就是婆婆所生。媳妇当年只怕婆婆年迈操劳，伤了身体，因此暗暗地将他抱到自己的屋内抚养，不敢明说。今天婆婆提起，不敢不说实情了。"老夫人听了是又惊讶又高兴，连忙将媳妇扶起来说："原来是这样，我不怪你，你也是一片好心，为了我的身体着想，这么多年来辛苦你了。只是我的孙子在哪里呢？"王氏答道："已经寄养在别人家了，现在很好，婆婆不用担心。"老夫人听了才安心，于是又将老爷请来，说明了这事情。过了这么多年忽然见到自己的儿子，员外心里也很高兴，也没说出当年的事情，只是想起自己的做法便有点过意不去。从此，包黑子认了亲生的父母，改称包山夫妻为兄嫂。老夫人晚年得子，自然十分疼爱，改名三黑。这件事却让两个人烦恼，你道是谁？正是包海夫妇，二人当年害人不成，现在仍想着找个机会加害包公，怎奈有包山夫妻事事留心，因此难得下手。

转眼两年过去了，包公到了九岁，家里请了一个宁老先生教包公学问。这个宁先生品行端正，学问渊博，但是脾气古怪。收徒弟有三不教：笨了不教；到馆中只要书童一个，不许闲人出入；十年之内只许先生辞馆，不许东家辞先生。有此三不教，学费不论多少，故此无人敢请。也是包公与宁先生有缘，师徒彼此一见都很满意。从此，包公便跟随宁先生学习。第一天讲授《大学》，宁老先生坐好，包公呈上《大学》。老师教道："大学之道。"包公便接着说："在明明德。"老师说："我说的是'大学之道'。"包公说："是。难道下句不是'在明明德'吗？"老师道："再说。"包公接着说："在新民，在止于至善。"老师听了十分诧异，叫他往下念，依然丝毫不错，但是仍不大信，怀疑是家中有人教他的，或是听人家念就学会了的。谁知到后来，无论什么书都是这样，教上句便会下句，有如温熟书的一般，真是把宁老先生喜得乐不可支，自言自语："哈哈！不想我宁某教读半世，今在此子身上成名。这正是孟子有云：'得天下英才而教育之，一乐也。'"于是给包公起了一个"拯"字，意思是将来可拯救人民于水火之中。起字"文正"，合起来是个"政"字，意思是将来做官从政，一定是个好官。

不觉光阴荏苒，又过了五个年头，包公已长成十四岁，学得满腹经纶。先生每每催促递名送考，但是包员外是个吝啬的人，恐怕赴考要花许多钱。多亏了大爷包山不时在员外跟前说："叫三黑赴考，若是能考个一官半职的也是好的。"无奈员外始终不答应，大爷只好向先生说："三弟年纪太小，恐怕误事，反而不好。"又过了两年，包公已长成十六岁了。这年又逢小考，先生实在忍耐不住，急着对大爷包山说："这次你们不送包拯赴考，我可要替你们送了。"大爷说："先生不用着急，我这次劝说父亲答应。"于是想了个主意，编了个瞎话，对父亲说："这不过是先生要显示他的本领，不如叫三黑去一次。要是不中，先生也就死心塌地了。"其实是顺着父亲的意思，说得员外一时心活就答应了。大爷见员外同意了，赶忙来通知先生，先生马上写了名字报送。快到考试的日期了，一切全是大爷张罗，员外什么都不管，大爷却是殷殷盼望。到了揭晓的日子，天还没亮，只听得外面一阵喧哗，老员外以为是差役前来派差。只见家丁进来报喜道："三公子中了生员了！"家人都十分欢喜，先生更是不用说。全村的人都来贺喜，说三公子将来一定会有大出息的。到了乡试的时候，包公又去赴考，高中了乡魁。家里又是少不了庆祝一番，接着便忙着上京参加会试。员外害怕多花钱,只叫家里的书童包兴一人陪着包公上京。临走的时候,包山暗自又给了兄弟些盘缠,先生嘱咐了许多话,包公便和家人洒泪分别了。

一路上少不得饥餐渴饮,晓行夜宿。一日,到了座镇店,主仆两个人找了个饭店,要了些吃的。包兴斟上酒,包公刚要饮,只见对面桌上来了一个道人坐下,要了一壶酒,坐在那儿出神,拿起壶不向杯中斟,哗啦啦倒了一桌子,见他唉声叹气,像有心事似的。包公正在纳闷,又见从外进来一人,武生打扮,周身透着英雄的气概。道人见了连忙站起说:"恩公请坐。"那人也不坐下,从怀中掏出一锭大银递给道人说:"先把银子拿回去,等晚间再见。"那道人接过银子,跪在地上磕了一个头,出店去了。包公见此人年纪约有二十岁上下,气宇轩昂,令人敬佩,因此站起来说:"尊兄请了,要是不嫌弃,过来说说话吧。"那人听了,将包公上下打量了一番,笑容满面地说:"那好吧。"包兴连忙站起,添份杯筷,又要了一壶酒、二碟菜,满满斟上一杯,包兴便在一旁侍立。包公与那人分宾主坐了,便问:"尊兄贵姓?"那人答道:"小弟姓展名昭,字熊飞。"包公也通了名姓。二人一文一武,言语投机,不觉饮了数杯。展昭便说:"小弟有些小事情,不能奉陪尊兄,改日再会。"说罢,交了饭钱,一个人走了,包公也猜不出他是什么人。

吃完了饭,主仆乘马赶路。因为在店内耽误了工夫,天色已经晚了,也不知到了哪里。忽见迎面来了一个牧童,包兴上前问道:"牧童哥,这是什么地方?"童子答道:"由西南二十里是三元镇，是个大地方。如今你们走差了路了。这是正西，要是绕回去，还有三十里地呢。"包兴见天色已晚便问："前面可有住宿的地方？"牧童道："前面叫作沙屯儿，没有店铺，只好找个人家歇了罢。"说罢，赶着牛羊走了。包兴和包公朝着沙屯儿而来。走了多时，见道旁有座庙宇。包公说："与其在人家借宿，不如在此庙住一晚。明日布施些香资，岂不方便。"包兴下马前去叩门，里面出来了一个僧人，问明来历，将二人请进了山门。包兴将马拴好，喂在槽上。和尚将主仆二人让到了云堂小院，里面有三间干净的屋子。和尚问了包公家乡姓氏，知道是上京的举子。包公问道："和尚法名是？"回说："僧人法名叫法本，还有师弟法明，此庙就是我二人主持。"说罢，告辞出去。一会儿，小和尚摆上斋饭，不过是素菜素饭。主仆二人用毕，天已经很晚了，包公命包兴将碗筷送到厨房，省得小和尚来回跑。包兴把碗筷拿起，因为不知道厨房在哪里，出了云堂小院竟到了禅院，只见几个年轻的妇女花枝招展，嘻嘻哈哈地说笑："西边云堂小院住了人，咱们往后边去吧。"包兴无处可躲，只得退回，容她们过去，才将碗筷送到厨房。然后急忙回到屋内，告诉包公这个庙有点蹊跷。

正说话间，只见小和尚左手拿一只灯，右手提一壶茶，将灯放下，又将茶壶放在桌上，两只贼眼东瞧西看，连话也不说回头就走。包兴一见，心想：不好！这是个贼庙！赶紧到外边看时，山门已经关锁了，又看别处也没出路，急忙跑回来对包公说："三爷，咱们快想出路才好！"包公说："门已关锁，又无别路，往哪里走？"包兴着急地说："这有桌椅，让小人搬到墙边，公子赶紧跳墙逃生。等凶僧来时，小人与他拼命。"包公说："我自小儿不会登梯爬高，若是有墙可跳，你赶紧逃生回家报信，也好为我报仇。"包兴哭道："三官人说哪里话来，小人至死也离不了相公的！"包公道："既是如此，咱主仆二人索性死在一处，等那僧人到来再作道理，只好听天由命罢了。"说完将椅子挪到中间门口，端然正坐。包兴无物可拿，将门闩擎在手中，挡在包公之前说："他若来时，我拿门闩给他个冷不防。"说着两只眼直勾勾地瞅着院门。忽听门闩当嘟一声，仿佛被砍掉一般，突然进来一人。包兴吓了一跳，见门闩落地，吓得浑身乱抖，堆缩在一处。只见那人浑身是青，是夜行打扮，包公细看不是别人，正是白日在饭店遇见的那个武生，猛然省悟：他与道人有晚间再见一语，此人必是侠客。

原来白天饭店中那道人也是这个庙中的。因为法本、法明二人抢掠妇女，老和尚责备他们，二人不服将老僧杀了。道人害怕自己受牵连，又要为老和尚报仇，因此告到官府。不想凶僧用钱买通了官吏，竟将道人重责二十大板，说他诬告好人，逐出境外。道人冤屈无处可申，来到林中想要自尽。恰遇展昭路过这里将他救下，问清楚来龙去脉，叫他在饭店等候，他却暗暗打探清楚，才赶到饭店之内赠了道人银两。不想遇见包公，在一起喝了会儿酒，他便告辞，回到旅店歇息。等到夜深人静，展昭改扮行装，施展飞檐走壁的本领来到庙中，从外越墙而入来到宝阁。只见阁内有两个凶僧，旁边有四五个妇女正在饮酒作乐,又听得说:"云堂小院那个举子,等到三更时分再去下手不迟。"展昭闻听暗想:我何不先救好人,后杀凶僧,还怕他飞上天去不成。因此来到云堂小院用剑削去了吊铁环,进来看时不料就是包公。展昭忙上前拉住包公说:"尊兄随我来。"三人出了小院,从旁边角门来到后墙。展昭从百宝囊中掏出如意索系在包公腰间,自己提了绳头,飞身一跃上了墙头,骑马势蹲住,将手轻轻一提便将包公提在墙上,悄悄地说:"尊兄下去时将绳子解开,我再救包兴。"说罢,向下一放。包公两脚落地,急忙解开绳索。展爷提起绳子,又将包兴救出,向外低声道:"你主仆二人就此逃走吧。"只见身形一晃就不见了。

　　包兴搀扶着包公深一步,浅一步,往前没命地跑。好容易奔到一个村头,天已五更,远处有一灯光。包兴说:"好了!有人家了,咱们暂且歇息歇息,等到天明再走也不迟。"便急忙上前叫门。柴门打开,里面走出一个老者来。包兴说:"我二人贪赶路程,起得早了,辨不出路径,望您老人家方便方便,我们天明就走。"老者看包公是个读书人,又看包兴是个书童打扮,没有行李,只当是近处的,便说:"既然如此,请到里面坐。"主仆二人来至屋中,包兴问道:"老人家贵姓?"老者道:"老汉姓孟,还有老伴,并无儿女,以卖豆腐为生。"包兴问:"老人家有热水吗?讨一杯吃。"老者说:"我这里有现成的豆腐浆儿,是刚出锅的。"包兴说:"那就更好了。"孟老道:"等我拿个灯儿,给你们盛浆。"说罢,在壁子里拿出一个三条腿的桌子放在炕上,又用土坯将那条腿儿支好;掀开旧布帘子,进里屋拿出一个黄土泥的蜡台;又在席篓子里摸了半天,摸出一只半截的蜡来,将油灯点着,安放在小桌上。只见孟老从锅台上拿了一个黄沙碗,用水洗净,盛了一碗白亮亮、热腾腾的浆递与包兴。包兴捧给包公喝,感觉香甜无比。包兴在旁看着,馋得好不难受。只见孟老又盛一碗递与包兴,包兴连忙接过,如饮甘露一般。他们主仆劳碌了一夜,又受到了惊吓,今在草房之中像是到了天堂,喝这豆腐浆不亚于饮玉液琼浆。不多时,豆腐做好了,孟老便化了盐水,又与每人盛了一碗,正是饥渴之时,吃下去肚内暖烘烘的,好生快活。又与孟老闲谈,问明路途,才知道离三元镇还有不足二十里。

正在说话之时,忽见火光冲天。孟老出院看时,只见东南角上一片红光,按方向好像是金龙寺内起火。包公同包兴也到院中看,心内料定必是侠士所为,却装着问孟老:"这是何处起火?"孟老道:"二位不知,这金龙寺自老和尚死后,留下这两个徒弟无法无天,时常谋杀人命,抢掠妇女,他们比杀人放火的强盗还厉害呢!不想他们也有今日!"说话之间,又进屋内歇了多时。只听鸡鸣茅店,催客前行。主仆二人深深致谢了孟老,改日再来酬报。孟老道:"些小微意,不必记着。"送到门外,又指引了路径:"出了村口,过了树林,便是三元镇的大路了。"包兴道:"多承指引了。"主仆二人和孟老告辞,继续赶路了。

要知后事如何,且看下回分解。

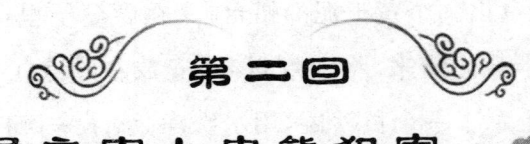

第二回

吴良害人皮熊犯案
乌盆诉苦别古鸣冤

　　这一日，主仆二人终于来到了京师，找了家店住下了。报名的事不用包公操心，都是包兴去办。

　　且说大宋朝自从真宗皇帝驾崩，仁宗皇帝登了皇位，封刘后为太后，立庞氏为皇后，庞吉为国丈加封太师。这庞吉是个奸臣，依仗自己是国丈，经常欺压臣僚，又与一些趋炎附势的人结成党羽，欺负皇上年幼，竟然有了自己专权的想法。谁知仁宗天子自幼经历过许多的磨难，是一个英明的君主，加上先朝的元老左右辅佐，正直的大臣衷心辅佐，就是庞吉也不能为所欲为。因此朝政法律严明，还不至于紊乱。会试在即，奉旨钦点太师庞吉负责这件事，因此会试举子就有走后门的。只有包公自己仗着自己学问考完了三场，到了揭晓的时候，因为没有走后门，只中了第二十三名进士，奉旨担任凤阳府定远县知县。包公领了旨意，收拾行李急急出京。先回家拜见父母兄嫂，告诉了自己路上遭险，并与李天官结亲的事情。员外夫妇又惊又喜，择日祭祖，叩谢宁老夫子。过了数日，拜别父母兄嫂，带了李保、包兴起身赴任。将到定远县地界，包公叫李保押着行李慢慢行走，自己同包兴改装易服,沿途私访。

一日,包公与包兴进了定远县,找了个饭铺吃饭。正在吃时,只见从外面来了一人,酒保忙招呼说:"大爷可好长时间没到小店了!"那人也不搭理他,只是拣个座儿坐下了。酒保斟上了一壶酒,那人一边喝酒一边面带惊慌的神色,还坐在那里发愣,连酒也没喝完就走了。这人的古怪行为引起了包公的注意,他叫来了酒保问道:"那人是谁?"酒保说:"他叫皮熊,是个马贩子。"包公暗暗地记住了这个人的名字。吃完了饭,包公叫包兴到县衙里报个信,就说老爷马上就到任。包兴领命,一路小跑地来到了县衙,包公随后跟着也来了。还没到县衙,早就有三班衙役、书吏等人在路旁迎接。到了衙门,一切事情处理完毕,包公便走马上任了。

包公一上任便将以前衙门审问案件的册子拿出来仔细查看,见有沈清伽蓝殿杀死僧人一案的情节支离不全,还没有审清楚,便立刻传出命令升堂审问。三班衙役听说这位新到的老爷一路私访而来,就知道是个厉害的主,谁也不敢怠慢,一个个兢兢业业,早已预备齐全。一听到传唤,立刻一班班地进来分立两旁,喊了堂威。包公入座吩咐道:"带沈清。"不一会儿,沈清从监狱被提出带到公堂之上,卸下刑具跪倒在地,向上叩头。包公留神细看,只见这人不过三十岁左右的样子,趴在地上浑身发抖,看起来十分柔弱,不像个行凶的人。包公问道:"沈清,你为什么杀人?还不从实招来!"沈清哭诉道:"只因小人那天探亲回来时,天很晚了,又蒙蒙地下着雨,地上十分泥泞,实在很难行走。我这人又从小胆小不敢走夜路，看见路边有个古庙便进去避雨，想等天亮了再走也不迟。没想到第二天我正在路上走，官爷拦住我不让我走，说我的身后有血迹，问这血迹是从何而来？小人便将昨日的事情说了一遍，官差听了一定要我到庙中看看。哎呀！没想到庙中的佛像旁边竟然有一具僧人的尸体。小人真是不知道到底是什么人干的，二位官差硬将小人押回了县衙，说是小人杀了和尚，真是冤枉！求青天大老爷明察，为小人洗去冤屈。"包公又问道："你出庙时是什么时候？"沈清答道："天还没有亮。"包公又问道："你这衣服为什么沾了血迹？"沈清答道："小人本来在神橱下休息，我想是血水流过将小人衣服玷污了。"包公闻听点点头，吩咐将沈清带下仍然收监，立刻传轿去往伽蓝殿，包兴也乘马跟随。

包公在轿内暗自思索：他既然谋害僧人，为什么衣服上没有血迹，光是身后有一片呢？再者，死者是被刀所伤，为什么当时没有发现凶器呢？不一会儿，轿子来到了伽蓝殿。包公下了轿，吩咐跟随的人都不要进去，只带着包兴进庙。来到殿前，只见中间的佛像早已经腐朽坏掉，两旁的佛像也都塌了。又转到佛像的后面上下细看，不觉暗暗点了点头。回身细看神橱之下，地上果然有一片血迹。忽见那边地下放着一物，便捡起看，又一言不发地拢入袖中，然后打道回衙。来到书房，包兴献茶，包公叫包兴传今天值班的人进来。去不多时，值班的进来朝上跪倒："小人胡成给老爷叩头。"包公问道："咱们县中可有木匠么？"胡成答应说："有。"包公道："你多叫几个木匠来，我有要紧活计要做，明早务必要都传到。"

胡成连忙答应,转身去了。

　　到了第二天胡成进来禀道:"小人已经将木匠们都带到了,现在在外面伺候。"包公吩咐:"预备矮桌数张,笔砚数份,将木匠都带到后花厅,不可有误。"胡成答应连忙准备去了。这里包公梳洗完毕,同包兴来到花厅,吩咐把木匠们都带进来。进来了九个人,见了包公跪倒在地,口称:"老爷在上,小的叩头。"包公说:"我想要做各样的花盆架子,要新奇的式样。你们每人画一个,我挑一个好的用,并有重赏。"说罢,吩咐拿矮桌笔砚来。只见九个木匠分在两旁,都在努力想着新样式,谁不愿新奇讨好呢!其中有使惯了竹笔,拿不上笔来的;也有害怕当官的,哆嗦地画得不像样的;也有从容不迫,一挥而就的。包公在座上,往下细细留神观看。不多时都画完了,按次序给包公看。包公接一张看一张,看到其中一张问道:"你叫什么名字?"那人道:"小人叫吴良。"包公便向众木匠道:"你们散去,将吴良带至公堂。"左右答应一声,立刻点鼓升堂。包公入座,将惊堂木一拍,叫道:"吴良,你为何杀死僧人?从实招来!免得皮肉受苦。"吴良听了吓了一跳说:"小人以木匠活为生,是个安分守己的人,如何敢杀人呢?望老爷详察。"包公道:"我想你也不愿意招供,你们立刻到伽蓝殿将伽蓝神好好抬来。"左右答应一声,立刻去了,将伽蓝神抬到了公堂上。百姓们见把伽蓝神抬到县衙听审,都要看看这件新奇的事。只见包公离开了座位来到伽蓝神的旁边,好像在听它说着什么。左右的人看见都觉得好笑,连包兴也暗说道:我们老爷这是装什么腔儿呢?过了一会儿,包公重新入座叫道："吴良，刚才伽蓝神说，你那日行凶之时已在神像背后留下记号，下去比来。"左右将吴良带下去。只见那伽蓝神的背后肩膀以下果然有左手六指儿的手印，而吴良的左手正好是六指儿，比上时丝毫不错。吴良吓得魂飞胆裂，左右的人无不吐舌说："这位大老爷真是神仙，怎么就知道是木匠吴良呢？"原来包公那天上庙里验看时，从地下捡了一个东西，是个木匠用的墨斗；又见那伽蓝神身后有六指手的血印，因此想到杀人之人是个木匠。

左右又将吴良带至公堂跪倒，只见包公把惊堂木一拍，一声断喝："吴良，如今证据确凿，还不实说吗？"左右的官吏也说："快招！快招！"吴良吓得说道："太爷不必动怒，小人实招就是了。小人本来和庙内的和尚是好友，这和尚素来爱喝酒，小人也是酒鬼。那天和尚请我喝酒，谁知他就醉了。我劝他收个徒弟，他说：'如今徒弟实在难收，就是将来死了我也不怕，这几年的工夫我也积攒了二十多两银子了。'他原是醉后无心的话，小人便问他：'你这银子收藏在何处呢？若是丢了岂不白费了这几年的工夫吗？'他说：'我这银子是丢不了的，放的地方别人想也想不到。'小人就问他：'你到底搁在哪里呢？'他说：'咱俩关系好，我告诉你，你可不许告诉别人。'他才说出将银子放在伽蓝神脑袋里。小人一时见财起意，又见他醉了，原要用斧子将他劈死。但是小人拿斧子劈木头惯了，从来没有劈过人，不想手就软了，头一斧子没有劈中，和尚要夺我斧子。我如何肯让他，又将他按住，连劈几斧，他就死了。闹了两手血。因此上神桌时左手扶住神背，右手在神像的脑袋内掏出银子时不小心留下了个手印子。现在被老爷神明断出,小人实在该死。"包公听了知道他说的是真的,又将墨斗拿出来让他看,吴良认了是自己的。包公叫他画供,上了刑具收监。沈清无故被冤枉,赏官银十两,被释放。

刚要退堂,外边又听见有击鼓喊冤之声。包公命带进来。只见从角门进来二人,一个年纪二十多岁,一个有四十上下。来到堂上,二人跪倒。年轻的说:"小人名叫匡必正,有一个叔父开绸缎店,名叫匡天佑,他有一个珊瑚扇坠,重一两八钱,遗失了三年没有下落。没想到今天遇见这个人,他腰间正佩戴着这个珊瑚扇坠。小人原要借过来看看,害怕认错了。谁知他不但不给看,开口就骂,还说小人讹他,扭住小人不放,请太爷详察。"那人道:"我姓吕名佩,今日狭路相逢,遇见这个后生,将我拦住,硬说我腰间佩的珊瑚坠子是他的。青天白日竟敢拦路打抢,真是可恶!求太爷为我做主。"包公听了,将珊瑚坠子要来一看,果然是真的,颜色淡红,光润无比,便问匡必正:"你方才说此坠重多少?"匡必正道:"重一两八钱,如果没把握,小人也不敢这么说。"包公又问吕佩道:"你可知道此坠有多重?"吕佩说:"这个坠子是我的朋友送的,并不知道有多重。"包公回头叫包兴取秤来,包兴答应,连忙取秤称了,果然重一两八钱。包公对吕佩说:"你说不出这坠子的分量,匡必正说对了,所以理应是他的。"吕佩着急道:"哎呀!太爷呀!此坠原是我的好朋友送我的,怎么能说是他的呢?我是不敢撒谎的。"包公道:"既是你好朋友送的,那他叫什么名字？实说！"吕佩说："我这朋友姓皮名熊，是个马贩头儿，大家都知道。"包公猛然听"皮熊"二字，触动心事，吩咐将他二人带下去，立刻出签传皮熊到案。

不多时，有人来回话："皮熊传到。"包公又升坐公堂道："带皮熊。"皮熊上堂跪倒，口称："太爷在上，传小人有何事？"包公道："听说你有珊瑚扇坠，是真的吗？"皮熊道："有的。那是三年前小人捡的。"包公道："此坠你可送过人吗？"皮熊说："小人不知道是什么人丢的，如何敢送人呢？"包公问："这个坠子现在在何处？"皮熊说："现在小人家中。"包公吩咐将皮熊带在一边，叫把吕佩带来。包公问道："方才问过皮熊，他并未曾送你此坠，此坠如何到了你手？快说！"吕佩一时慌张，才说出是皮熊之妻柳氏给的。包公听了就知道话里有话，问道："柳氏她为什么送给你这个坠子呢？快快实说！"吕佩又不言语了，包公吩咐："掌嘴！"两旁人刚要上前，只见吕佩连忙摇手说："老爷不必动怒，我说就是了。"便将与柳氏通奸，柳氏私赠此坠的话说了一遍。皮熊在旁听见他女人和别的男人通奸，恨不得有个地缝钻进去。包公立刻将柳氏传到。谁知柳氏一直怨恨丈夫在外寻花问柳，不对自己一心一意，因此来到公堂不用审问，便说出丈夫皮熊与杨大成之妻毕氏通奸。"此坠从毕氏处携来，交给小妇人收了二三年。小妇人与吕佩相好，私自赠给他的。"包公立刻出签，传毕氏到案。

正在审问之际，忽听得外面有击鼓之声，暂将众人带在一旁，先带击鼓之人上堂。只见此人年有五旬，原来就是匡必正之叔匡天佑，因听见有人将他侄儿扭结到官，因此急急赶来，禀道："只因三年前的一天，我托杨大成到缎店取缎子，将此坠作为信物。过了几日，小人到铺子问起这事，旁人说并没有见杨大成到铺，也未见此坠。因此小人到杨大成家内，谁知杨大成就是那日晚间死了，也不知道此坠的下落。不料小人侄儿今日看见此坠，被人告到太爷台前。希望太爷明镜高悬，申此冤枉！"说罢，磕下头去。包公听了心里明白了，叫匡天佑下去，带皮熊、毕氏上堂。包公问毕氏："你丈夫是得什么病死的？"毕氏还没回答，皮熊在旁答道："是心疼病死的。"包公便将惊堂木一拍，喝声："该死的狗才！她丈夫得心疼病死的，你如何知道？明明是因奸谋命。快把怎样谋害杨大成的经过从实招来！"两旁一齐威吓："招！招！招！"皮熊惊慌失措，说道："小人与毕氏通奸是实，但并无谋害杨大成之事。"包公闻听说："你这刁嘴的奴才！我曾记得那天在饭店里你要吃酒，神色慌张，举止反常，酒也没有吃完。今日公堂之上，还敢支吾！左右，抬上刑来！"皮熊吓得哑口无言，才领教了包公的厉害：这位太爷如此明察，别的估计也瞒不过去，不如实话实说，也免得皮肉受苦。想罢，连连叩头道："太爷不必动怒，小人愿招。"包公道："招来！"皮熊道："只因小人与毕氏通奸，情投意合，唯恐杨大成知道将我二人拆散。因此定计将他灌醉，用刀杀死，暗中用棺木盛殓了，只说是心疼暴病而死。当时我见到了珊瑚坠，小人拿回家去交给妻子收了，这便是实情。"包公闻听，叫他画供。审判完毕，毕氏定凌迟，皮熊定了斩决，将吕佩责四十板释放，柳氏官卖，匡家叔侄将珊瑚坠领回无事。因此人人皆知包公断事如神,各处传扬。

且说小沙窝内有一老者姓张名三,为人耿直,好行侠义,因此人们都叫他"别古",意思是说他与众不同。张三原以打柴为生,后来因为他上了年纪,挑不动柴草,众人就叫他看着过秤,得了利息大家平分,这也是他素日为人好儿换来的。一日张三闲暇无事,偶然想起三年前东塔洼赵大欠他一担柴钱四百文,要是不要了,有点对不起伙计们。于是拄了竹杖,锁了房门,往东塔洼而来。张三到了赵大门口,只见房舍焕然一新,不敢敲门,以为是找错了人家,问了问邻居才知道赵大发财了,如今都称"赵大官人"了。老头子听了不由心中不悦,暗想道:赵大这小子,长处掐,短处捏,这样的人连柴火钱都不想着还,他怎么配发财呢?转到门口用竹杖敲门,喊道:"赵大,赵大。"只听里面答应道:"是谁这么'赵大'、'赵二'的?"说话间门已开了,张三看时,只见赵大衣冠鲜明,果然不是先前的样子了。赵大见是张三,连忙说道:"我道是谁,原来是张三哥。"张三道:"你先少和我论哥儿们,你欠我的柴火钱也该给我了。"赵大听了说:"这有什么要紧的,老弟老兄的,请到家里坐。"张三道:"我不去,我没带着钱。"赵大说:"这是什么话?"张三道:"正经话,我要有钱肯找你来要账吗?"正说着,只见里面走出一个妇人来,打扮得怪模怪样的,问赵大:"官人,你同谁说话呢?"张三一见说:"好呀!赵大,你干这营生呢,怪不得发财呢!"赵大说:"休得胡说,这是你弟妹。"又对妇人说:"这不是外人,是张三哥到了。"妇人便上前万福。张三道:"恕我腰疼,不能还礼了。"赵大说:"还是这样固执,请里面坐吧。"张三只得随着进来,到了屋内,只见院子里堆着不少盆子。彼此让座,赵大叫妇人倒茶。张三道:"我不喝茶,你也不用这么客套了,欠我的四百文钱总要还我的。"赵大说:"张三哥,你放心,我不会欠你四百文不还的。"说话间,赵大拿了四百文钱递给张三。张三接来揣在怀内,站起身来说道:"不是我爱贪小便宜,我上了年纪,夜来时常爱起夜。你把那小盆给我一个,就算是利息吧。从此互不相欠,怎么样?"赵大说:"你不用这样客气,随便拿一个吧。"张三挑了一个黝黑的乌盆,挟在怀中转身就走,也不告别便出门去了。

这东塔洼离小沙窝也有三里之遥,此时正是深秋时节。夕阳西下,张三来到了树林之中,耳边只听一阵阵秋风飒飒,败叶飘飘,猛然间滴溜溜一个旋风,只觉得汗毛眼里一冷。老头将脖子一缩,腰儿一弓,刚说一个"好冷",不小心将怀中盆子掉在地上,奇怪的是这盆子竟然在地下咕噜噜乱转,发出了隐隐悲哀之声说:"摔了我的腰了。"张三闻听,连连唾了两口,捡起盆子吓得赶紧往前走,可有年纪之人如何跑得动,只听后面说道:"张伯伯,等我一等。"回头又不见人,自己怨恨道:"如何白日就会有鬼?想是我将不久于人世了。"一边想一边走,好容易跑到了草房,急忙放下盆子,撂了竹杖,开了锁儿,拿了竹杖,拾起盆子,进得屋来将门顶好,觉得又困又乏,自己说:"管他什么鬼不鬼的,且梦周公睡他一大觉。"刚说完,只听得有悲悲切切的声音,口呼:"伯伯,我死得好苦啊!"张三闻听道:"怎么把鬼关在屋里了?"别古秉性忠直,不怕鬼邪，便说道："你说罢，我这里听着呢。"只听得有人隐隐地说道："我姓刘，名世昌，在苏州阊门外八宝乡居住。家有老母周氏，妻子王氏，还有三岁的孩子乳名百岁。我是做绸缎生意的。有一天，我做完生意骑驴回家，行李沉重，见到天晚，便在赵大家借宿。不料他夫妻见我随身带的钱财，起了歹心将我杀害，谋了资财，还将我血肉和泥焚化。如今我离了老母和妻子，不能见面，九泉之下冤魂不安。希望伯伯替我在包公前申明冤屈，报仇雪恨，就是冤魂在九泉之下也感恩不尽。"说罢，放声痛哭。张三听他说的可怜，不由地动了豪侠的心肠，竟然全不畏惧，说道："乌盆。"只听应道："有呀，伯伯。"张三道："我会替你鸣冤，你必须跟我前去。"乌盆应道："愿随伯伯前往。"张三见他竟会应答，不觉满心欢喜道："这样去告状，不怕包公不信。虽然如此，我是上了年纪之人，记性不好，必须将他姓名住处记清背熟。"于是重新背了一回，都记熟了才放心。

老头儿为人热心，一夜不曾合眼，不等天明就爬起来，带着乌盆，拄起竹杖，锁了屋门，直奔定远县而来。出了门顿时觉得冷风透体、寒气逼人。要不是张三是好心的人，谁肯冒着严寒替人鸣冤呢。到了定远县，时间还早，衙门还没有开门。冻得他哆哆嗦嗦，找了个避风的地方席地而坐，休息了一会儿身上觉得暖和多了。老头儿又高兴起来了，将盆子扣在地下，用竹杖敲着盆底儿唱起来了。刚唱一句"八月中秋月照台"，只听得一声响，门分两扇，太爷升堂。张三忙拿起盆子，跑到衙门口来喊"冤枉"，有当班的将他带了进去，包公

问道："有何冤屈？诉上来。"张三就把去东塔洼赵大家讨账，
得了一个黑盆，遇见冤魂自述的话说了一遍。"现有乌盆为
证。"两旁的人听了偷偷乐，以为这老头儿一定是疯了，可包
公听了并不认为张三在胡说，就在座上唤道："乌盆。"并不见
答应，又连唤两声，也无反应。包公见别古年老昏愦，也不动
怒，便叫左右撵去便了。张老出了衙门口呼："乌盆。"只听应
道："有呀，伯伯。"张老道："你随我诉冤，却为何不进去呢？"
乌盆说道："只因门上有门神拦阻，冤魂不敢进去，希望伯伯
替我说明。"张老闻听，又嚷"冤枉"。当班的出来喊道："你这
老头子还不走！又嚷什么？"张老道："求爷们替我回复一声：
'乌盆有门神拦阻，不敢进见。'"当班的无奈，只得替他回禀。
包公闻听，提笔写了几个字，叫当班的拿去门前焚化，仍将老
头子带进来。张老抱着盆子上了公堂，将盆子放在当中，他
跪在一旁。包公问道："此次叫他可应了？"张老说："是。"包
公吩咐："左右，尔等听着。"两边衙役应声，洗耳静听。只见
包公座上问道："乌盆。"不见答应，包公不由动怒，将惊堂木
一拍："我骂你这狗才！本县念你是年老之人，方才不加责于
你，如今还敢如此。本县也是你愚弄的吗？"用手抽签，吩咐
打了十板。两旁不容分说将张老打了十板。闹得老头儿龇
牙咧嘴，一瘸一拐的，挟了乌盆，拿了竹杖，出衙去了。

转过影壁，便将乌盆一扔，只听得哎呀一声说："碰了我
脚面了！"张老道："奇怪！你为何又不进去呢？"乌盆道："只
因我赤身露体，难见星主。没办法，再求伯伯替我申诉明
白。"张老说："我已经为你挨了十大板，如今再去，我这两条

腿就不用要了。"乌盆又苦苦哀求。张老是个心软的人,只好拿起盆子。他却又不敢申冤,只得从角门溜溜秋秋往里便走。只见那边来了一个厨子,一眼看见,便叫:"胡头儿,胡头儿,那老头儿又来了。"胡头儿正在班房谈论此事说笑,忽听老头子又来了,连忙跑出来要拉。张老却有主意,就势坐在地下,叫起屈来了。包公那里也听见了,吩咐带上来,问道:"你这老头子为何又来?难道不怕打么?"张老叩头道:"方才小人出去又问乌盆,他说赤身露体,不敢见星主之面。恳求太爷赏件衣服遮盖遮盖,他才敢进来。"包公闻听,叫包兴拿件衣服与他。包兴连忙拿了一件夹袄交给张老。张老拿着衣服出来,当班的说:"跟着他,看他是骗子!"只见他将盆子包好拿起来,不放心又叫着:"乌盆,随我进来。"只听应道:"有呀,伯伯,我在这里。"张老闻听他答应,这一回留上心了,便不住叫着进来。到了公堂,仍将乌盆放在当中,自己在一旁跪倒。包公又吩咐两边仔细听着,两边答应"是"。有说老头子有了病了的,有说太爷好性儿的,也有暗笑的。连包兴在旁也不由地暗笑:"老爷今日叫疯子磨住了。"只见包公座上呼唤:"乌盆。"不想衣内答应说:"有呀,星主。"众人无不诧异。只见张老听见乌盆答应了,他便忽地跳起来,恨不得要上公案桌子。两旁众人叱喝,他才又跪下。包公细细问了张老。张老仿佛背书的一般:他姓啥名谁,家住哪里,他家有何人,做什么事情,怎么遇害,是谁害的,滔滔不绝地说了一回,清清楚楚。两旁听的无不叹息。包公听罢,吩咐包兴取十两银子来,赏了张老,叫他回去听传,张老千恩万谢地去了。

别古仗义乌盆申冤

　　包公立刻吩咐拿赵大夫妇，两人很快被捉来，包公严加讯问，但是二人却始终不承认。包公沉吟半晌后吩咐："赵大带下去，不准见刁氏。"即传刁氏上堂。包公说："你丈夫供称陷害刘世昌全是你的主意。"刁氏闻听，恼恨丈夫，便说出赵大是用绳子将人勒死的，并说现在还有没用完的银两。即行画招，押了手印。包公立刻派人将赃银找到，又带赵大上来，叫他女人对质。谁知这人好狠，横了心再也不招，只说银子是积攒的。包公一时动怒，用夹棍套了他的两腿，问时仍然不招。包公一声断喝，说了一个"收"字。不想赵大不禁夹，就呜呼哀哉了。包公见赵大一死，只得叫人抬下去，转又行文上去，到京启奏去了。刘世昌的母亲和妻子因感谢张老替自己的亲人鸣冤，愿带张老到苏州，为他养老送终。张老也因受了冤魂嘱托，也愿照看嫡居孤儿。因此商量停当，一同起身往苏州去了。

　　要知后事如何，且看下回分解。

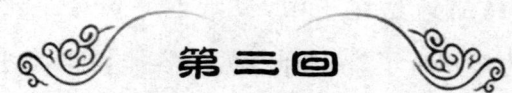

第三回
罢官职逢义士高僧
天子梦兆包公重用

　　且说包公断了皮熊和乌盆之案，人们都说定远县新来的知县断案如神，连鬼神的冤屈都能断明白，远近的百姓有了不解的冤屈都来包公这里申诉，一时间包公的名声远近闻名。但是树大招风，包公的才能引起了上司的妒忌。因为包公在审赵大的时候将其打死，上司奏了一本将包公参了。包公被革职，接到了文书只得将印交出，离开了官衙。临行的时候百姓们都夹道哭送，包公劝慰了一番才上马，带着包兴出了定远县。

　　路上，包公暗自思量：我自幼受了许多的磨难，好不容易蒙兄嫂怜爱将我收养，抚养我成人。长大了又为我请先生，教诲我一举成名，本想多为百姓申冤断案，不想妄动刑具，出了人命。虽然赵大本来有罪，但是我没将他定罪就打死也是太急躁了，如今被革职回家，怎么有颜面见父母兄嫂，不如去京城看看再作打算。包兴在旁边跟着，看见主人唉声叹气也不好多说。两个人信马由缰来到一座山下，虽不是高山峻岭，看起来也很凶险。正在观看之时，只听一棒锣响，出来了无数的喽兵，当中一人是个又矮又黑的胖子，赤裸着半边身，雄赳赳、气昂昂地站在当中，只听他一声令下："留下买路钱！"两旁的喽啰听了，一拥向前，不容分说地将主仆二人拿下马来，用绳子捆了个结结实实，押到了山上。包公上了山，才发现原来山上还有三个大王，见捉了两个人来，吩咐绑在两边的柱子上，等四大王回来再行发落。不多时，只见四大王慌慌张张、气喘吁吁地跑来了，嚷道："不好了！不好了！我在山下遇见一人，真是好本领，比小弟强十倍，才一交手我便倒了。幸亏跑得快，不然吃大亏了，哪位哥哥去会会他？"只听大大王说："二弟，待我前往看看。"二大王说："小弟奉陪。"于是二人下山，见一人气昂昂地在山坡站立。大大王近前一看，不觉哈哈大笑道："原来是兄长啊，怪不得有如此本领，请到我们山中说说话吧。"

原来这座山名叫土龙岗，曾经是山贼窝居的地方。义士张龙、赵虎偶然路过此山将山贼杀走，他二人便做了寨主。后因王朝、马汉科考武场被庞太师逐出，愤恨回家路过此山，张龙和赵虎把他们也请到寨中，并且结为兄弟。王朝最大，马汉第二，张龙第三，赵虎第四。四个人在这山中当起了大王，虽然逍遥自在，但却始终没有忘记为国效力，只是没有遇到忠臣来辅佐。且说马汉同那人来到山中，走上大厅。那人看见两旁柱上绑着两个人，走近一看，不觉失声道："哎呀！你为何在此？"包公睁眼看时真是喜出望外："原来是展昭义士啊！"王朝闻听才知道是一家人，连忙上前解开绑绳，让到厅上。展昭纳闷地问道："你们为什么到了这里？"包公将经过一一说了，大家都感到惋惜。展昭又叫王、马、张、赵给包公赔了罪，分宾主坐下。摆上酒宴，彼此谈心，十分地投机。包公问道："我看四位都是豪杰，为何做这勾当？"王朝道："我们虽然有武艺在身，但是却没有办法得到功名，为国效力，不得已只好做这勾当。"展昭说："我看众弟兄皆是异姓骨肉，今日恰逢包公在此，虽然现在被革职，将来朝廷必要重用。到了那时，众位兄弟弃暗投明，为国出力，岂不是好？"王朝道："我们早有这样的想法，如果老爷被朝廷重用，我们都愿效力。"包公听了也很高兴，大家饮至四更方散。到了第二天，包公与大家告辞。四人留不住，只得送下山来。包公与大家恋恋不舍，分别而去。

单说包公主仆乘马直奔京师，一日来到大相国寺门前，包公突然头晕眼花，"扑通"一声从马上栽下来。包兴一见连忙下马一看，只见包公二目双合，牙关紧闭，人事不知。包兴叫他也不应，急得包兴放声大哭。哭声惊动了庙中的方丈，这方丈是得道的高僧，俗家复姓诸葛名遂，法号了然，学问渊深，医学、占卜、星相无一不精。听得庙外有哭声，便来到山门外，发现原来是有人生病，从马上跌了下来。了然来到包公的跟前为他诊脉，说："无妨，无妨。"又问了方才落马的情形，包兴告诉明白。了然便叫众僧帮着扶到方丈东间，急忙开方抓药。包兴精心用意煎好。没过多久，只听包公"哎呀"一声，睁开二目。见眼前灯光明亮，包兴站在一旁，那边椅子上还坐着个僧人，便问："这是哪里啊？"包兴连忙将他昏过多时、亏这位师傅用药救活的话说了一遍。包公听罢刚要挣扎起来致谢，和尚过来按住说："不可乱动，要静静安心养神才好得快。"

过了几日，包公的身体恢复了正常，来向和尚致谢。知道了自己的饮食用药调理都是和尚安排的，心中不胜感激。了然细看包公气色，说过了些日子就好了。于是，包公留在了庙内居住，打扮成道人，每天与了然不是下棋就是吟诗，彼此十分欣赏对方的才华。很快三个月过去了，一天，了然求包公为他写八个字。包公写完了，了然叫僧人粘在山门上。包公无事，同了然出来一起在旁边观看。只见那边来了一个厨子，手提菜筐，走到庙前，不住将包公上下打量，瞧了又瞧，看了又看，直瞅着包公进了庙，他才飞也似的跑了。包公却不在意，回庙去了。

为什么那个人一直看着包公呢，原来他是丞相府王芑府里的一个厨子。只因王大人接到了皇上的圣旨，赐给他图像一张，上面画着圣上梦中所见的人，特派王大人暗暗密访此人。丞相遵旨回府，又叫画匠们照样画了几张，吩咐手下人各处留神，细细访查。不想这日厨子从大相国寺经过，恰巧遇到包公和画上的人一模一样，急忙跑回相府，找到值班的虞侯将这事说了。虞侯听了不敢马上就回丞相府，同厨子暗到庙中，装作游客各处瞻仰。果然有一道人与老僧下棋，细看相貌正是龙图之人，心中不胜惊骇，急忙赶回丞相府告诉了相爷。王大人闻听，立刻传轿到大相国寺上香，为什么这么着急呢？一是王大人奉旨办事，不敢耽延；二是王大人为国求贤若渴。不一会儿，丞相来到庙内，小沙弥闻听，急忙跑至方丈室内告诉老和尚。没想到了然正在与包公对弈，竟然都不理会。倒是包公说："师父该去迎接吧。"了然说："老僧向来和权贵没联系，迎接他干什么？"包公说："虽然如此，但他是个忠臣，就是迎接他也不至于玷污了老师的名节。"了然站起来说："他来和我没什么关系，恐怕和你有些关系。"说罢，迎出去了。

众人将丞相接到了禅堂上，分宾主坐了。献茶已毕，丞相问了然："此庙有多少僧众？多少道人？老夫有一心愿，愿施僧鞋僧袜，每人一双，须当面领去。"了然明白，马上吩咐僧道们前来领取。丞相仔细看了每一个人，并没有发现龙图上所画的人。王大人便问："你庙中还有没有人没来领？"了然叹道："有是还有一人，只是他未必肯要大人这一双鞋袜。要见这人，还要大人亲自去请。"王丞相闻听忙说："就麻烦长老引见引见何如？"了然答应，领至方丈室。包公隔窗一看，也不能回避了，只得上前作了一个揖道："参见王大人。"王大人仔细看包公的长相，与圣上御笔画的龙图分毫不差，不觉大惊，连忙让座，问道："阁下是何人？"包公便道："我是包拯，曾任定远县的知县。"又把因为断乌盆革职的事说了一遍。王大人见包公说话耿直，忠正严肃，不觉满心欢喜，立刻备马，请包公跟他来到了相府。进了相府，大家看大人轿后一个道士，也不知什么缘故，便将包公安排到书房休息。

次日早朝，包公换了县令的衣服，先在朝房伺候。净鞭三下，天子升殿。王芑出班奏明仁宗，龙图上的人已经找到了。天子大喜："立刻宣召见朕。"包公登上金阶跪倒在地，三呼万岁。皇上一看果真是梦中所见之人，满心欢喜，便问为何罢职。包公便将断乌盆一案，将人犯行刑时致死的事情说了。王芑心中着急，恐圣上见怪。谁知天子不但不怪，反喜道："卿家既能断乌盆负屈的冤魂，一定能镇压住皇宫作祟之邪。现在玉宸宫内每晚都有怨鬼哀啼，不知是何妖邪，特派卿前去镇压。"并派太监总管杨忠带领包公去玉宸宫镇压。

这杨忠喜欢武功而且很有胆量，人们都叫他"杨大胆"。皇帝赐给他一口宝剑，每夜在宫内巡逻。今天奉命领包公进宫除妖，打心眼里瞧不起包公，一路就称呼老黑，又叫老包。来到昭德门前说道："进了这门就是内廷了，想不到你七品的芝麻官竟然有如此造化！今日得到了皇帝的欢心，派你入宫，将来回到家里也可以炫耀炫耀啊！老黑呀！我和你说话，你怎么不搭理呢？"包公无奈只得答道："公公说的是。"杨忠又说："你别不高兴，我是好玩好乐的人。也就是你，别人还巴结不上呢。"说着话，进了凤右门，只见许多的侍卫垂手站立，里面有一个头领上前道："老爷今日有何贵干？"杨忠说："辛苦，辛苦！我奉旨带这位包先生到玉宸宫镇邪，我们完了差事不定什么时候回来，可以不为我们守门了，省得又麻烦你们。"说着同包公来到了玉宸宫，只见宫内金碧交辉，光华烂漫，让人不觉肃然起敬，连杨忠爱说爱笑的人到了这里也不敢大声喧哗了。

来到了殿门口，杨忠停住了，悄悄地对包公说："你是奉旨可以进入殿内，我就在这门槛上照顾着吧，有事情可以叫我。"包公听了说："既然如此，我就进去了，有劳您在这里等候。"包公轻轻地走进了大殿，只见正中间是宝座，包公朝上面行了三跪九叩之礼。又见到旁边有座位，包公才坐下。杨忠见了，心里暗自佩服道：虽然官不大，倒很懂得礼数。又见包公坐在那里十分端正，也不随便张望，有一番正气凛然的神色，让人畏惧。杨忠不觉得暗暗夸奖：怪不得圣上见了他喜欢呢。正想着，猛然觉得耳边呼呼的风响，杨忠顿时吓得毛发都竖起来了，心里一阵阵地发毛。为了壮胆，他举起了宝剑舞了一阵，直累得气喘吁吁，顺势坐在了门槛上。包公在座上见了，心里好笑。杨忠正在发怔，只见台阶下的空地里起了一个旋风，滴溜溜在竹丛里团团乱转，又隐隐地听得风中带着悲泣之声。包公闪目观瞧，只见灯光忽暗。突然杨忠"扑通"一声跌倒在地上，片刻工夫，只见他又起来了，好像变了一个人，袅袅婷婷地走进殿来，像个女子，万福跪下。此时灯光又明亮了，包公以为杨忠又在和他开玩笑，便以假作真，开口问道："你为什么来，有何冤屈尽管诉上来。"只听杨忠用娇滴滴的声音哭诉道："奴婢寇珠原是金华宫的宫女，只因救主人被人陷害，含冤地府二十年了，专等星主来临，完结此案。"便将被陷害的原委哭诉了一遍："望星主细细搜查，替我洗刷冤屈，千万不可泄漏。"包公闻听点头道："既有如此沉冤，包某必要搜查，但你必须隐形藏迹，不要惊了圣上的驾，否则罪孽不浅。"冤魂说道："谨遵星主之命。"叩头站起，转身出去。

不多时，只见杨忠张牙欠嘴，仿佛刚睡醒的一般，瞧见包公仍在那边端坐，不由悄悄地问道："老黑，你没见什么动静吗？杂家怎么回复圣旨呢？"包公说："鬼已审明，只是你贪睡不醒，让我在这里傻等。"杨忠听了十分诧异地说："什么鬼？"包公说："女鬼。"杨忠问："女鬼是谁？"包公说："名叫寇珠。"

杨忠闻听,只吓得惊异不止,心想:寇珠之事算来将近二十年了,他是怎么知道的?连忙赔笑道:"寇珠她为什么事在这里作祟呢?"包公说:"你是奉旨同我进宫除邪,谁知你贪睡。我已将鬼审明了,只好明日见了圣上我奏我的,你说你的便了。"包公这么说只是开玩笑,杨忠听了可着了急:"哎呀!包……包先生,包老爷,我的亲亲的包……包大哥,你这不把我毁透了吗?可是你说的,圣上命我同你进宫。但是我不小心睡着了,这是怎么说的!可见你老人家就不疼人了,过后就真没有用我们的地方了?好包先生,你告诉我,我感激不尽啊!"包公见他央求得可怜,心里好笑,才告诉他:"明日见了圣上就说:'审明了女鬼,是金华宫承御寇珠含冤负屈,希望来超度她的冤魂。臣等已经答应她了,她以后再不作祟了。'"杨忠听了记在心头,谢了包公。二人出了玉宸宫来到了内阁,见了丞相王芑。圣上临朝,包公和杨忠都奏明了,只说已经将冤魂超度了。圣上大悦,更加相信包公的才能,马上升用开封府府尹、阴阳学士,加封"阴阳"二字。从此人们都传包公善于审鬼。白日断阳,夜间断阴。

包公拜别了丞相王芑,谢了了然和尚,便到开封府上任。每日查办事件,派包兴回家送信,并向宁老师请安。又到隐逸村投递书信,一来报喜,二来请求完婚。包兴奉命,即日起身,前往包村去了。

要知后事如何,且看下回分解。

第四回

得古今盆完婚淑女
收公孙策秘访奸人

　　且说包兴奉包公之命回家送信，然后又到了隐逸村，这一天终于回到了开封府，叩见包公呈上书信说："太老爷太夫人很健康，听说老爷当了府尹欢喜非常，赏了小人五十两银子。小人又见大老爷大夫人，欢喜自不必说，也赏了小人三十两银子。小人又让宁老师看了书信，他也很欣喜，叫老爷您好好办事，尽忠报国。"包兴又接着说道："小人在家住了一天，然后到隐逸村报喜。李大人大喜，满口应承完婚一事，随后便送小姐来成亲，并回书一封。"说完将信呈上，包公接来看，里面写着这个月夫人带着小姐便到京城来成亲。过了不久，张氏夫人带领小姐来到了京城，迎娶的工作都是包兴尽心准备。到了吉日，有许多的官员来贺喜。包公见李氏小姐幽娴贞静，不失大家闺秀的风范。小姐的嫁妆中有一物十分特别，名叫"古今盆"，这个盆上有阴阳两孔，可以收集日月之精华，堪称世上罕有的宝物。

　　这一日包公上堂，见有个农民约有五十岁上下，口称"冤枉"。命立刻带上堂来，包公问道："你叫什么？有什么冤屈诉上来。"那人向上叩头道："小人姓张名致仁，在七里村居住。有一族弟名叫张有道，是个卖货郎，家离小人不过数里之遥。有一天，小人到族弟家中探望，谁知三日前竟死了！我问弟媳妇刘氏是什么病症？为什么连信也不给我送？刘氏说是心疼病死的，因为忙不过来才没人送信。小人觉得有道死得不明不白的，到祥符县申诉，希望可以开棺检验。谁知开棺检验并没有检查出伤，刘氏她就放起刁来，说了许多诬赖的话。县太爷将小人责了二十大板赶回了家，我越想此事越觉得蹊跷。没办法来到大老爷这里，求青天为小人做主。"说罢，眼泪汪汪，匍匐在地。包公问道："你兄弟平时有病吗？"张致仁说："并无疾病。"包公问："你有多久没见到张有道了？"张致仁说："我们兄弟之间一直很和睦，小人常到他家，他也常来小人家。五日前还到小人家中来，后来五六天都没来了，因此我到他家去找他，谁知三日前竟死了。"包公听了，想到五日前还在他家，他第六天去探望，又是三日前死的，其中相隔一两天，其中必有缘故。包公想罢，准了状词，立刻出签，传刘氏到案。暂且退了堂，来至书房，细看状子，好生纳闷。包兴与李才在旁边侍立，忽听外边有脚步声，包兴连忙迎出，原来是外班手持书信一封说："外面有一书生求见，有书信一封，说是了然和尚的。"包兴把书信交给了包大人，包公是极敬重了然和尚的，急忙将信拆开来阅读，原来是封推荐函，说来的这个人学问品行都好。包公看完，便命包兴去请来的人。

包兴来到外面，只见一人穿着宽大的道服，又肥又长，松松垮垮，十分好笑，却不敢笑，说道："我家老爷有请！"那人斯斯文文地随着包兴进来。来到了书房，包公起身迎接，那人向前作了一个揖说："参见大人。"包公让了座，问道："先生贵姓？"那人答道："晚生复姓公孙，名策。只因为屡次考试不中，沦落在大相国寺。多蒙了然禅师厚待，为晚生写了一封书信，让我到这里来投奔大人，望大人收录。"包公见他举止端正，说话有条理。又问了些书籍典故，公孙策对答如流，学问渊博，竟是个不可多得的才子。包公大喜，马上同意将他留在府中效力。正在谈话之时，门外人禀告："刘氏已经带到。"包公立刻升堂，叫人将刘氏带到堂上，众衙役都喊："带刘氏！带刘氏！"气势吓人，只见从外面进来一个妇人，年纪不过二十多岁，脸上并没有害怕的神色，嘴里还自言自语地说："好好的人，干吗叫到这里来，不知前生作了什么孽了！"边说边走，来到堂下跪倒在地，好像是个打惯了官司的样子。包公问道："你就是刘氏吗？"妇人答道："小妇人刘氏，嫁给卖货郎张有道为妻。"包公又问："你丈夫是得什么病死的？"刘氏说："那天晚上，我丈夫回家吃了晚饭，一更之后便睡了。到了二更多天，忽然说心口疼，我吓得不得了，急忙起来。他越嚷越厉害，谁知不多会儿就死了，吓得我不知道该怎么办了。"包公把惊堂木一拍，喝道："你丈夫到底是怎么死的，还不从实招来？"刘氏向前跪爬了半步说道："老爷，我丈夫实在是得心疼病死的，小妇人怎么敢撒谎。"包公喝道："既然是得病死的，为什么不给他哥哥张致仁送信？"刘氏说："不给哥哥送信一是因为我找不到合适的人去送信，二是也不敢给他送信。"包公问道："这是为何？""只因为我丈夫活着的时候，他时常来我家中，没人的时候就调戏我，对我十分不尊重，小妇人总不理他。就是上次他来我家，我告诉他兄弟死了，他不但不哭反而对我胡言乱语。当时我连嚷带骂的将他赶走，谁知他竟然恼羞成怒说我谋害亲夫，将我告下。说要开棺验尸，后来太爷到底检验了，但并没有发现什么，才将他打了二十板子。不想他还不死心，如今又告到了老爷这里，可怜小妇人的丈夫死后受到如此的罪孽，真是冤枉，恳求青天为我做主啊！"包公见她口若悬河，牙如利剑，说的是有情有理，暗自思索：这个妇人如此泼辣，看起来并非善良之人。此事其中定有隐情，还需我细细地查来。想罢对刘氏说："如此说来，你竟是无故被人陷害了，张致仁着实可恶。我自有道理，你先回去，三日后听受传唤。"刘氏叩头下去，面露得意的神色，包公更觉得其中可疑。退堂后包公回到书房，将堂上的事情告诉了公孙策，并将口供给他看了。公孙策看完说："据晚生看来，张致仁怀疑得有道理。只是刘氏的口供十分严密，并没有什么漏洞，此事还需要查访明白才好。"包公见他与自己不谋而合更是欣喜，说道："那先生说该怎么做呢？"公孙策说："如若不嫌弃，我愿意微服出巡查访这件事，为大人解忧。"包公听了说道："既然如此，就有劳先生了。"便叫包兴为公孙策准备所用的东西，公孙策装扮成了一个行脚的医生，挎了个小小的药箱从角门悄悄地溜出，到七里村查访去了。

公孙策到了七里村，找了一天也没有发现什么线索，见天色已晚，便要回开封府。不想走错了路，只好找了个店住下了。正在屋中休息之时，听到外面有人大吵大嚷，公孙策走出来一看，只见来了一群人，其中有一个黑矮之人高声喊道："不管是谁，赶紧给我腾出地方来让老子住，要是让老子不顺心，就拆了你们的店。"旁边有一人说道："四弟，不可如此鲁莽。"转身对店家说："你去看看，我们人多，帮我们找个大一点的房间。"店家没有办法，来到公孙策的房间说："实在对不住，您能不能将外面的两间大房腾出，让这些客官住？"公孙策说："我一个人也住不了这么大的房子，就让他们住吧。"店家连忙称谢，将这些人让进了屋子。那大汉叫随从搬下行李，一会儿要喝水，一会儿要吃饭，吵个不停。弄得小二只顾得为他们准备，都没有时间照顾公孙策了。公孙策坐在那里看这些人，只听那个黑矮的人说："我不怕别的，明日到了开封府就怕包公把我们忘了，不肯收录该怎么办呢？"又听那个黑脸大汉说："四弟放心，我看包公不是那样的人。"公孙策听到此处不由地站起来，走到近前说："四位原来是去开封府的，小弟不才，愿做引荐之人。"那大汉问道："足下何人？请过来坐，我们谈谈。"公孙策客气了一番，原来这四个人正是土龙岗的王朝、马汉、张龙、赵虎四条好汉，听说包公做了府尹，就有了弃暗投明的想法。因此将山上的喽啰解散，前来投效开封府。公孙策将自己效力开封府，现在出来寻访一个案子的事情说明了，众人听了都十分高兴。大家商议，今晚休息后，明日早早起来一起去开封府。

第二天一大早，众人一起赶往开封府。见了包公，公孙策说明了查访之事还没有结果。今有土龙岗四个人来到，包公听了十分高兴,将四个人请进,留在开封府效力当差,四个人谢恩去了。公孙策禀明了包公,离开了开封府继续到七里村查访,边走边想:公孙策,你好呆!你是做什么来了?就这么走着,谁知道你是看病的先生呢?既然不知道,又怎么能打听出事情来呢?原来公孙策只顾着找消息,竟忘记摇串铃了。这时才想起来,连忙将铃儿拿出来,口中念道:"有病早来治,莫要多迟疑。凡有疑难杂症,管保手到病除。"正在念诵之时,可巧那边有一个老婆子听见了,叫道:"先生,这里来,这里来。"公孙策闻听来到跟前问道:"婆婆叫我什么事啊?"那婆子说:"我的媳妇身体不适,求先生医治医治。"公孙策说:"既然如此,请带路吧。"老婆婆把公孙策带到了三间草房前,推开门请他进去坐下了,说道:"我姓尤,丈夫早就去世了。有个儿子名叫狗儿,在大户陈应杰家里做长工。我的儿媳妇得病有半个月了,没精神、懒得吃东西,午后还发烧。求先生看看,吃点药。希望她早点好。"说着,站起来到东屋说:"媳妇,我给你请个先生来了,管保很快就好了。"说着便来到西屋请公孙策,两个人来到东屋,公孙策给病人诊脉。过了一会儿诊完了,公孙策对尤氏说:"您儿媳妇的病没有大碍,看来是气着了,郁闷不舒才得的病。"尤氏听了说:"哎哟!何尝不是啊。先生真是活神仙,谁说不是生气得的病呢!事情是这么回事,有一天忽然我儿子拿了两个元宝回来……"刚说到这,只听东屋里妇人说:"婆婆,此事不能对别人说啊。"尤氏说:"哎,先生不是外人,救了你的命,有什么说不得的,你还是好好养病吧。"尤氏又扭过头对公孙先生说:"我见了元宝很奇怪，就问是怎么得来的。我儿子说，只因为陈大户与七里村张有道之妻有私情。这天陈大户到张家去，正好被张有道撞见，因此陈大户要害她的丈夫，给我儿子两个元宝，让他去找什么东西。我媳妇知道了这事，劝他不要干，可是他就是不听，反将我儿媳妇踢了几脚，揣起元宝走了。后来，果然听说张有道死了，又听说晚上棺材里连响了几声，仿佛诈尸的一般，把人都吓跑了。因此，我媳妇更加忧闷，这便是得病的缘由。"公孙策听了真是喜出望外，终于让自己查到了线索，但是他却不动神色，提起笔来写了一个方子递给了老婆婆说："我这是土方子，管保药到病除，你赶快去抓药吧。"婆子听了，十分感谢。公孙策又问："你儿子给陈大户做成了这件事难道就没有什么谢礼吗？"婆子说道："听说他许给我儿子六亩地。"先生问："有字据吗？"婆子道："哪有什么字据，还不定给不给呢。""那你们岂不是吃亏了吗，不如我给你们写个字据吧，怎么样？"婆子本是个乡里人，很好哄，别人写的字据怎么能好用，当下里十分高兴说："那就多谢先生了。"于是，公孙策给婆子写了个字据，假装画了押，交给婆子。婆子千恩万谢，高兴就自不必说了。公孙策离开了婆子家，连忙赶回开封府，要将这件事禀告包大人。

包公听了公孙策的报告，立刻升堂传令带尤狗儿。很快，尤狗儿被带到。包公问道："你就是尤狗儿吗？"下边回答道："老爷，小人叫驴子。"包公断喝一声："哇！你明明是狗儿，为何叫驴子呢？"狗儿回到："老爷，小人原来叫狗儿来着。只因为他们说狗的个儿小，所以改叫驴子了。老爷若是不喜欢,还叫狗儿便是了。"两旁的人喝道:"休得胡说!"包公叫道:"狗儿!"应道:"有!""张有道的死可与你有关?你和陈大户是如何设计陷害张有道的,还不从实招来,免得皮肉受苦。"狗儿开始并不承认,总是说与自己毫无关联。最后,包公直接说出了公孙先生私访,其老母将事情泄露之事说出,狗儿一见不得不招供了:"请大老爷开恩啊,小人本在陈大户家做工。只因小人当家的与张有道的女人有私情,那一天被张有道撞见,他吓得跑回来了。从此不敢去张家,但是却害了相思病,却又见不到刘氏,因此便想出了一个毒计。有一天,他将我叫到跟前,对我说了这事,并托付我一件事。我问:'当家的,什么事情啊?'他说:'这宗事情可不容易办,需要你有耐心找才行。'我就问:'找什么呢?'他说:'这东西叫尸龟,样子是一个金头虫,尾巴上发亮。'我就问:'这东西在什么地方能找到呢?'他说:'必须在坟地里才能找到,只有尸体腐烂了,才有这虫子。'小人一听就为难地说:'这可怎么找法呢?'他见小人为难,给了小人两个元宝,叫小人拿着,事成之后再给我六亩地。从此,我也不干活了,白天养精神晚上去找。好不容易才找到了这种虫子。"包公问道:"那你们又是如何毒死张有道的呢?"狗儿说:"我们将这虫子晒干,研成了末儿,只要是洒在吃的或是喝的东西上,吃下去就会心疼而死,并没有伤痕,只是两眉之间有一个红色的点点,才知道是中了此毒。后来,我听说张有道死了,想必就是这虫子毒死的。事情的经过就是这样,求大老爷为小人做主。"包公听了此话,觉得没有假,书吏将供词拿上来让包公过目,包公看了看，又命拿下去让狗儿画押，狗儿画了押。包公又说："一会儿陈大户就来到公堂，你可要当面对质，老爷好与你做主。"狗儿答应了。只见两边的差人来禀告："陈应杰已经拿到。"包公叫道："带陈应杰上堂。"包公问道："陈应杰，为何谋害张有道？从实招来！"陈大户一听吓得颜色更变，连忙说道："并无此事呀，青天老爷！"包公将惊堂木一拍道："你这大胆的奴才！在本府堂前还敢撒谎吗？左右带狗儿！"两旁人等将狗儿带上堂来，陈大户见了狗儿更加害怕了，浑身直哆嗦，才说："小人与刘氏通奸是事实，并没有谋害张有道之事。这都是狗儿一片虚词，陷害于我，老爷千万莫信。"包公大怒，吩咐两旁："大刑伺候！"左右一声喊，把个陈大户吓得胆裂魂飞，连忙说道："我招，我招。"便将狗儿找尸龟，悄悄交给刘氏，叫她撒在饭菜里，立刻心疼而死，并告诉她放心等事情从头到尾说了一遍，包公看了供词，叫他画了押。

这时，差役禀告："刘氏与尤氏都已经带到。"包公吩咐先带刘氏上堂，只见刘氏仍是洋洋得意，上得堂来，一眼看见陈大户，不觉颜色更变、形色慌张，"扑通"跪倒在地。包公也不问她，只是让她与陈大户对质，陈大户对着刘氏哭道："你我所做之事我都已经招了，你也招了吧，免得皮肉受苦。"那妇人听了骂了一声："冤家！想不到你如此没用、没能力。既然你都招了，我又能怎么办呢？"只得向上叩头说："谋害亲夫张有道是实情，说张致仁调戏是我陷害他的话。"包公也让她摁了手印。最后，包公又将尤氏婆媳带上堂来，婆子因儿子犯法难逃法网，自己和儿媳无依无靠便说："大老爷，陈大户曾经许给我儿子六亩地,这是字据。"说完将字据呈上,包公一看原来是公孙策的笔迹,心中暗笑,明白公孙策是想帮助这对婆媳,于是对陈大户说:"你许给她儿子几亩地,怎么不给他呢?"陈大户此时已经无可奈何,只得将六亩地给了婆媳二人。最后,刘氏判了凌迟,陈大户定了斩立决,狗儿定了绞刑,张致仁无罪释放。这正是法网恢恢,疏而不漏。

要知后事如何,且看下回分解。

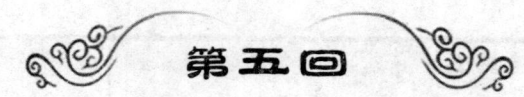

第五回

三星镇巧破连环案
包公断案威名远播

　　且说上回包公破了张有道一案，大快人心。公孙策的功劳最大，包公对公孙策格外看重。一天，皇帝下旨封包公升为龙图阁大学士，派往陈州查访赈灾的情况。包公接了圣旨，命公孙策制作三口铡刀。公孙策领命而去，先度量尺寸，然后写明做法。这铡刀分为上、中、下三品，分别是龙、虎、狗的样式。包公见了大喜，立刻命人去制作，连夜做出样子来。第二天，这三口铡刀都做出来。包公坐轿来到朝中，启奏道："臣包拯遵圣旨，制作了三口铡刀，望吾皇御览。"说完命人将铡刀拿上殿来，皇上定睛观看，原来是三种样式的铡刀，分龙、虎、狗三品。包公启奏："如有犯法者，要按品级行法。"皇上听了准奏。

　　包公择日启程赶往陈州，这天来到了三星镇境内，队伍正在行进之中，忽听得有人拦路喊冤。包兴下马顺着声音找去，原来在路旁的空柳树里藏着一个老妇人，头顶状子在地上跪着。包兴连忙接过状子，交给包公。包公看了状子对老妇人说："你先回家去，等待听传。"老妇人听了，磕了一个头走了。

奉旨意包公制铡刀

　　第二天,包公将老妇人传唤来仔细审问。原来这老妇人姓文,嫁给姓韩的为妻,生了一个儿子叫瑞龙。现在丈夫去世了,母子两个相依为命,在白家堡租房三间艰难度日。文氏做些针线活,教导儿子读书。一天晚上,韩瑞龙正在东屋里读书,猛回头见有一个穿着绿衣服、红鞋子的陌生人走进了西屋,他连忙站起来走进西屋,可是除了母亲并没有别人。见儿子进来,文氏问道:"晚上的功课做完了吗?"瑞龙说:"我有个典故想不起来,到这里来查查。"说着来到书箱旁边查看,可是也没有发现有人,屋子就这么大,根本没有可以藏身的地方,难道是自己看花眼了吗? 瑞龙心里纳闷,却没有敢对母亲说,仍回到自己的房里看书了。第二天晚上,瑞龙仍在房中读书,一更天的时候觉得有点困了,正在迷糊之时,又看见昨天那个穿着绿衣服、红鞋子的人进了西屋。瑞龙赶忙跑到西屋,叫道:"母亲!"这一声将文氏吓了一跳,说道:"你不念书,干吗这么大惊小怪的?"瑞龙便将昨晚和今晚所看到的对母亲讲了,文氏听了也很害怕,要是有坏人进了屋子怎么得了。娘俩找了半天,哪有什么人呢,连个影子也没有。正在纳闷儿的时候,瑞龙忽然发现床下的土好像高起来许多。于是,两个人将床搬开,扒开浮土,里面露出来一个大箱子,不觉心中奇怪,连忙找来了家伙将箱子打开,原来是满满一箱子的金银。两个人哪里见过这么多的金银,都傻了眼,半天没说话,不知道这到底是怎么一回事。瑞龙说:"母亲,这下可好了,有了这么多的金银,我们以后不用过苦日子了!"文氏说:"这怎么行,我们怎么能要这来历不明的金银,会惹祸上身的。"瑞龙又说："这有什么，又不是抢来骗来的，是我们自己找到的。想必是上天可怜我们母子，故此才把这些送给我们。"文氏听了，拗不过儿子，也觉得有道理，便说："既然如此，明早买些祭礼，等谢过了神明后再做打算吧。"瑞龙听母亲这么说十分高兴，连觉也没睡好，一大早天还蒙蒙亮就起来去买祭礼。

瑞龙出了家门，直奔郑屠夫铺子里买猪头。来到郑屠夫铺子前，因为天太早还没有开门，里面有灯光。瑞龙敲了敲门，忽然灯光灭了，半天也没有人答应，只得转身回来。刚走了几步，只听门响，郑屠夫出来了问："谁呀？"瑞龙说："是我，我来买个猪头。"郑屠说："原来是韩相公，既然买猪头，怎么没带个家伙来啊？"瑞龙说："出门着急忘了带，这怎么办才好？"郑屠说："没事，我给你拿块布包上就行了。"说完，用布包好了递给了瑞龙。瑞龙谢过了便抱着这包袱回家，因走得急累得气喘吁吁，便坐在路边休息。迎面走过来巡更的人，见瑞龙手里捧着带血的布包十分疑惑，问道："你拿着什么东西呢？"瑞龙说："是猪头。"巡更的人不信让他打开看看，瑞龙心想这也没什么，便打开了包袱，明月之下只见是一颗血淋淋的人头，发髻蓬松，是一个女人。两人一见都吓傻了，巡更的人不容分说地把瑞龙带到了官府。县官见是人命案立刻升堂，瑞龙被带到了堂上，县官一见是个文弱的书生，问道："你叫什么？为什么杀了这个女人？"瑞龙哭诉说了经过，说自己并没有杀人。县官听了传郑屠夫到堂，谁知郑屠夫说瑞龙根本没有到他那里买猪头，县官问："那包的布不是你的吗？"郑屠夫说："是小人三天前借给韩生的，不想他用这个包了人头来嫁祸给我。"县官见审不出什么,便叫郑屠夫先回去,把瑞龙暂时关进了大牢。文氏见儿子被无缘无故地关进了大牢十分着急,因此拦住了包公的轿子喊冤。

包公到了县衙,县官已经在外边等候。包公休息了一会儿,问道:"韩瑞龙一案现在怎样了?"县官回禀:"此案尚在审讯,没有结案。"包公吩咐,将此案的人证都带到堂上来。包公升堂,先将韩瑞龙带上来,见他满面泪痕,跪倒在地。包公道:"韩瑞龙,因何谋杀人命?"韩生说:"只因小人在郑屠夫铺子内买猪头忘了带家伙,是他用布包好了递给小人,想不到闹出这场官司。"包公问:"那你买猪头后遇见巡更的人是什么时候?"瑞龙说:"天还没亮。"包公道:"天没亮你买猪头干什么?讲!"瑞龙到了此时不能不说,便将事情的经过都说了。包公心想:这是小孩子贪财,看这个情形不像是杀人的样子,便吩咐把他带下去。对县官说:"你带人到韩瑞龙家查看。"县官领命而去。包公又将郑屠夫提出,见他长相凶恶,便知不是好人,问他时与前供相同。不一会儿县官回来禀告包公:"卑职前去韩瑞龙家验看箱子,打开看时里面不是真的金银,而是用纸做的。又往下挖却发现一具无头的死尸,是个男子。"包公越觉得这事情蹊跷,将韩生带到堂上问道:"韩瑞龙,你住的屋子是自己家造的还是租来的?"韩生答道:"是租来的。"包公问:"先前是何人居住?"韩生道:"小人不知。"

退堂后包公心里疑惑,叫人请来公孙策参详参详,公孙先生又要去微服私访,包公摇头说:"先生公务很多,还是不要劳累了,我再仔细思量。"公孙先生退出,与王朝等人商量,众人也没有主意。公孙先生走后,赵虎对三位哥哥说:"你我投到开封府到现在没有立下什么功劳,如今老爷遇到了为难的事情,我们理应为他分忧,我想去私访,看看能有什么收获。"三人听了不以为然,都笑着说:"就你那么鲁莽的个性,能找到什么呢?还是算了吧。"赵虎脸上有些下不来,讪讪搭搭地回到了自己的屋子,心想:他们真是瞧不起人,我偏要去私访。赵虎下定了决心,化装成乞丐的模样,左手拿着要饭的罐子,右手拿着棒子悄悄地出去了。走着走着觉得脚趾头扎得疼,恰巧路旁有个小庙,赵虎坐在庙门外的台阶上将鞋子脱下来,发现鞋底的钉子透了,抡起鞋来在石头上啪嗒、啪嗒的摔,好不容易将鞋底的钉子摔了下去。不想声音惊动了庙里的和尚,只当是有人敲门,开门一看,是个叫花子在那里摔鞋。四爷抬头见到和尚张口就问道:"你可知道女子的身子和男人的头在哪里吗?"和尚闻听:"原来是个疯子。"也不回答,关了门又进去了。赵虎这时候才省悟,自己笑道:"我这是私访,怎么能信口开河?真是糊涂,还是赶快走吧。"又想到既然扮成叫花子,应当要饭才对。这个我可是没有学过,还是胡乱叫两声算了。想完一边走,一边叫:"行行好,可怜我一碗半碗饭!"开始的时候还很起劲儿,走了半日也没见人搭理他,不觉得有些泄气。此时,太阳落山,天色已黑,幸好月光明亮。也是事有凑巧,赵虎走到村前,只见一家后墙外有个人影正在往墙里跳。赵虎心中一动,暗想:怎么天刚黑就有小偷啊,我得过去看看。想罢放下了瓦罐,丢了木棒,摔了鞋子,光着脚弯腰跳上了墙头。往里一看,只见有一个人正蹲在那里东张西望。赵虎上前伸手按住那人,那人"哎哟"叫了一声。赵虎说:"你嚷我就捏死你。"那人吓得说:"我不嚷,不嚷。求爷爷饶命。"赵虎问:"你叫什么名字?偷的什么东西,放在哪里了?快说!"只听那人说:"我叫叶阡儿,家有八十岁的老母。我是头一回做这事啊。"赵虎问:"你真的没偷什么?"边问边仔细检查,只见地下露着一块白色的绢布,用力一拉只觉得土是松的,原来里面有东西。赵虎将土扒开,里面竟然露出了一具女尸。赵虎一见道:"好啊,你杀了人,还和我撒谎。实话对你说,我叫赵虎,是开封府的办差官,因为人命案特来私访。"叶阡儿听了直吓得魂儿都没了,一直哀求:"赵爷,赵爷。小人只是个小贼,没有杀人啊。"赵虎说:"谁管你!先捆上再说。"赵虎绑上了叶阡儿,跳出了墙,直奔公馆而去。到了公馆之内,赵虎就向包公的住处跑去。谁知因为是钦差的房间,有许多人在把守,见有个叫花子闯进来,连忙上前拦阻,喝道:"你这个人真是莽撞,这是你乱闯的地方吗?还不赶快出去!"还没等话说完,只见赵虎用手左右一分,将差役打得东倒西歪。众人才要嚷,跟赵虎的仆人连忙赶来说:"不要嚷,不要嚷,那是四爷。"差役们听了都愣住了,不知道这到底是怎么回事。赵虎跑到屋里,正好看到包兴,一伸手将他拉住说:"来得正好,你替我回禀大人,就说赵虎求见。"包兴吓了一跳,一看原来是赵虎,知道他这样一定是有什么事情,便带他进内回禀。包公见赵虎这个样子真是好笑,却不好笑出来,便问:"有什么事?"赵虎便将如何私访,如何遇着叶阡儿,如何见了无头女尸的话从头到尾说了一遍。包公正因为这事没有头绪，现在听了这话不觉满心欢喜。立刻派人去拿叶阡儿，找来女尸。

　　差役领命拿住了叶阡儿，找回了女尸。包公升堂审讯叶阡儿："你叫何名？为何无故杀人？"叶阡儿回答："小人做贼是真的，但并没有杀人啊。只因家有老母，不得已出来做贼，这是第一次，还望大老爷饶命。"包公将惊堂木一拍，道："好个恶贼，这么问你不肯招，左右，拉下去打二十大板。"只这二十几下就把个叶阡儿打得魂出窍，不由叫道："我叶阡儿怎么这么倒霉，上次是这么着，这次又是这么着，真是冤枉！"包公听着话里有话，便问："上次是怎么回事？"叶阡儿也知道说错了话，但只得招认："老爷不要动怒，我说。白家堡有个白员外叫白熊，上次他生日的时候小人帮忙去张罗，事完之后不但没有赏钱，连饭菜也没给，因此小人一气之下，晚上就去他家偷东西。"包公问："你刚才不是说是头一次做贼，看来是第二次了。""是，偷白员外是头一次。"包公道："偷了什么？讲！"叶阡儿道："小人对他家比较熟悉，进了院便直奔东厢房。这是员外的姜玉蕊住的，小人知道她箱柜里的好东西多着呢。我正在找的时候，玉蕊和一个人进来了，我赶忙躲在了阴暗之处，原来是主管白安和玉蕊，我见他二人笑嘻嘻地进了帐子。不多时，他们睡着了。我悄悄地开了柜子，一摸摸着了个很重的木匣子，我就拿起来跑了。回到家里打开一看，谁知里面是个人头，这次又是这样，所以我才这么说'上次是这么着，这次又是这么着。'这不是小人运气不好吗？"包公问道："这人头是男是女？"叶阡儿说："是个男头。""那你是将此头埋了,还是报了官了?""既没埋,也没报官。"包公问:"那你将这人头丢在什么地方了,快说!"叶阡儿说:"因小人村内有个邱老头,名叫邱风,小人曾偷过他的瓜被他抓住,把我打了一顿才放了。从此我怀恨在心,总想着报复,所以我就把人头扔在他家了。"包公听完便派了两个人去邱老家寻找人头,将叶阡儿押进监牢候审。

第二天一大早,包公还没有上堂就有差役禀告说:"小人昨夜奉命看守女尸,到今早一看这院子正是郑屠夫家的后院,因此来向大人禀告。"包公闻听,心里明白,将郑屠夫带上堂来,问道:"你还不招供吗,自己杀了人还要嫁祸他人。你既然不知道女子头的来历,为什么在你家的后院发现了女尸?"郑屠夫以为女子的尸体是老爷派人到他铺中搜出来的,一时惊得木雕泥塑般,说道:"小人愿招,那天我五更起来刚要杀猪,听见有人叩门,小人连忙开门,听得外面好像有人追赶的样子,就让这个女子暂时躲避在家里。等人都走了我才让她出来,她说她叫锦娘,因为被人拐卖,卖入了妓院。后来有蒋太守的儿子依仗权势,硬要娶她为妾,她假装答应,并把太守的儿子灌醉跑了出来。小人见她美貌,又是满头的首饰便起了邪念,谁知女子嚷着不肯。小人顺手拿起了把刀,本来是想吓吓她,不想竟将她杀了。小人见她死了,情急之下把尸体埋在后院,碰巧这时韩生来买猪头,我也是昏了头,心想何不让他帮我把人头扔了呢,于是便将人头当作猪头包给了他。他走后我就后悔了,这种事怎么能让别人知道啊,又一想,他要是真的替我扔了也就没事了,要是闹出事来,只要不承认就是了，谁知还是被发现了，这就是事情的经过。"包公见他说的是真话，让他当堂画押，了结了一桩人命案。

郑屠夫被带下堂去，只见差人禀告："邱风拿到。"包公吩咐带上来，问他为何私自埋人头，不上报官府？邱老不敢隐瞒只得说："那夜听到外面'咕噜'一响，怕是坏人进来，因此到外查看，不想却是个人头，我很害怕，就让长工刘三拿去掩埋。刘三不肯，找我要一百两银子才干。小人无奈，给了他五十两银子，他才肯埋了。"包公问："那人头埋在何处？"邱老说："问刘三就知道了，他在小人的家里。"包公立刻吩咐县官到邱老家去。

县官才走，又有差役回来禀告："白安拿到。"只见他是个身穿华丽的衣服的美貌少年。包公问道："你就是白熊的主管白安吗？"应道："小人是。""我且问你，你主人对待你怎样？"白安道："小人主人对我很好。"包公将惊堂木一拍："好个奴才！你说主人对你很好，你却去和主人的妾通奸是何道理？"白安听了，吃了一惊，心想这事他怎么知道，包公叫道："带叶阡儿！"叶阡儿来到，见了白安就将那天晚上自己所见都说了，"你们做的事我都知道了，还是招了吧。"说得白安张口结舌，知道事情败露不能再隐瞒。包公又问："那是谁的人头？从实招来！"白安无奈，爬半步说道："小人招就是了，死的那个人是小人主人的表弟，叫李克明。当初我家主人穷困的时候曾向他借了五百两银子，一直没有还。那一天李克明到我们员外家来，一来是看望，二来是讨债。我主人盛情招待，李克明喝醉了说在路上遇到一个疯癫的和尚，名叫陶然公,说他脸上有晦气,给了他一个游仙枕,叫他给星主。他不知道星主是谁,问我主人。我主人也不知道,因此要借来看看。李克明说这游仙枕是个宝物,有许多神奇的地方。我主人此时起了歹心,想得到游仙枕又不用还那五百两银子,因此趁着李克明酒醉将他杀害。为了怕暴露,他让我把李克明的尸体埋掉。我想着自己和玉蕊相好,为防止日后员外知道对我不利,因此将李克明的头割下,灌上水银,放在玉蕊的房中,不想却被叶阡儿发现。"包公问:"那你将尸体埋在那里了?""埋在装货物的屋子里了,后来租给了韩瑞龙居住。"包公听说终于明白,叫白安画押,拿白熊到案。

此时,县官回来上堂禀报:"卑职押解邱风找到了刘三,一起去挖人头。刘三将我们带到了井边,刘三指着一处,我们挖时发现了另外一具尸体,问刘三是怎么回事,刘三说挖错了。又指着另一面说是那里,我们才找到了人头。卑职不敢自己做主,将刘三带回了。"包公心想怎么又是一桩人命案?便问刘三:"井边男子的尸体是从哪里来的,讲!"两旁的人也威吓:"快说! 快说!"刘三连忙叩头说:"老爷不必动怒,小人说就是了,那男子的尸体是小人的叔伯兄弟刘四。那天东家给了我五十两银子让我埋头,我刚要去,刘四也跟着来了说:'私自埋人头,该当何罪?'小人答应给他十两银子,不让他乱说,他不答应硬是要四十五两银子。小人一想,总共五十两银子却给了他四十五两,真是气不过。于是,我假装答应了,叫他帮着挖坑,小人看他弯腰挖土就对着他的太阳穴上一铁锹,也没看死活就顺便也埋了。然后挖了一个坑,把人头埋了。今天是自食恶果,有报应了,唉!"

此时白熊已经捉拿到案,所供的与白安相符。至此,三桩人命案都已经破获,郑屠夫为女子偿命,刘三为刘四抵命,白安助纣为虐被定了绞刑,叶阡儿充军,邱老儿被判徒刑,韩瑞龙因贪财生事,但念年幼无知释放回家。包公断明了这连环人命案,名气更大了。

要知后事如何,且看下回分解。

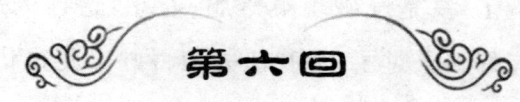

第六回
勇熊飞助擒安乐侯
斩庞昱初试龙头铡

　　且说展昭在土龙岗与包公分别后回家探望母亲，见了母亲很好也就放心了。展昭为人喜欢行侠仗义，对于家里的事情却是不太关心，多亏了老家人展忠细心照顾，家里大小事情都是井井有条。展昭在家中每日陪伴母亲，忽然有一天，母亲觉得身体不好，展昭赶紧请医生来看病，煎汤熬药，不论早晚都在病床前守着母亲。无奈母亲年纪已大，竟一病不起，不久就去世了。展昭呼天抢地、痛哭流涕，多亏了展忠里外忙活，将丧事办得风风光光，没让展昭操心。

　　母亲的丧事办完后，展昭服丧一百天，在家待不住，又开始行侠仗义了。一天正在走着，展昭看见一群逃难的人扶老携幼，哭哭啼啼地往前走。展昭见他们可怜，将身上的银两分给了他们，问他们为什么逃难？众人说："公子不要说这个了，提起来就让人伤心。我们是陈州的百姓，只因庞太师的儿子奉旨来到了陈州，本应放赈救济灾民，不想他却私自挪用钱物，还将百姓中身强力壮的抓去为他建造花园，抢掠民间美貌的妇女为他做妾，真是做尽了坏事。我们的日子本来就很苦了，怎么能受得了他这么折腾呢，没办法只能逃走了。"展昭听了,真是气破了英雄胆,心想:这样的恶人不除,百姓就没有好日子过了,待我前去为百姓申冤报仇。主意已定,直奔陈州大路而来。

这一日,展昭来到了陈州。一进城就看到一座富丽的花园,外面高砌粉墙,里面雕梁画栋,楼阁重重。展昭一打听,原来这就是庞太师的儿子庞昱新建的住处。展昭仔细观察了一番,在附近找了间客栈住下了。到了晚上二更时分,展昭穿好了夜行衣来到了庞昱的花园墙外,只见他从百宝囊中掏出如意绦来,用力往上一抛,落在了墙头之上,展昭用手试了试,见钩住了,便用脚尖蹬住了墙,飞身上了墙。到了墙头,展昭俯下身,从囊中取出一块石头子轻轻地抛下,侧耳细听有没有什么动静。这是夜行人的规矩,叫投石问路,如果下面有沟,或是有水,或是有狗,只要试一下就知道了。展昭听了听下面是平地,没什么异常之处便将钢爪转过来,手捋丝绦从墙上下来,落在了实地上。脊背贴着墙,往前面与左右看了一回,才将五爪丝绦往下一抖,收起来装在百宝囊中。蹑足潜踪,脚尖儿着地,施展轻功。来到一处,见牌匾上写着"软红堂"三个字,里面灯火辉煌,正中间的座位上坐着一个人,穿着华丽,正拿着酒在那里喝。在他的周围环绕着十来个侍女,有的拿着水果,有的拿着点心在服侍着,还有两个浓妆艳抹的女子坐在他的身边为他斟酒布菜。展昭看在眼里,心想这就是庞昱了吧,自己在这里作威作福,却让百姓置身于水深火热之中,真正可恶。正在想着,忽见有人进来禀告:"刚才庞福回禀侯爷,太守蒋完有要紧的话回禀,立刻求见,现在外面恭候着呢。"庞昱听了脸色一变,让侍女们都退下,叫太守蒋完进来。太守进来参见完毕,庞昱问道:"太守深夜到我这里来有什么事情吗?"太守说:"卑职今天早上接到了文书,说圣上派龙图阁大学士包公前来查赈灾的情况,算来五天后就到了。卑职知道后十分着急,因此特来禀告侯爷,望早作准备才好。"庞昱听了不以为然地说:"包黑子是我父亲的门生,谅他也不敢把我怎么样!"太守说:"侯爷可不要小看了他,听说包公不畏权势,秉公执法。现在又是皇帝的钦差,手下有三口铡刀,令人害怕啊!"又往前凑了凑说:"侯爷所做之事,难道包公不知道吗?"庞昱听了虽然有些发毛,但还是硬着嘴说:"他知道还能把我怎么样?"蒋完听了有点着急说:"我们应该防患于未然啊,这事恐怕只有他死了方才好办。"这句话提醒了庞昱,他说:"这事有什么难的,现在我的手下就有一个勇士叫项福,他会飞檐走壁的功夫。现在我们派他去杀了包黑子怎么样?"蒋完说:"如此更好,事不宜迟,我们赶快把他叫来吧。"庞昱连忙叫庞福,命他叫项福来见。恶奴去了不多时,将项福带进来了。

此时南侠展昭正在窗外窃听,里面说的话听得一清二楚。因不知这项福是个什么样的人,便从窗外往里偷看,只见这项福果然身体魁梧,品貌雄壮,真是条好汉,可惜投错了门路。只听庞昱说:"你敢去行刺吗?"项福说:"小人受侯爷恩惠,别说行刺,就是赴汤蹈火也是情愿的。"南侠外边听了不由暗自骂道:"瞧不得这样一条大汉,原来是个谄媚的奴才,可惜他辜负了这身好本领。"正在暗想,又听庞昱说:"太守,你将此人领去,应该怎么办,还要策划机密才好。"蒋完连连称"是",告辞出来。

展南侠夜探庞昱府

　　太守在前,项福在后走出了软红堂。走了没几步,只听项福说:"太守慢行,我的帽子掉了。"太守站住,见项福走出了好几步,将帽子捡起来。太守说:"帽子怎么落得这么远呢?"项福道:"可能是树枝刮的吧。"说罢,又走了几步,只听项福说:"好奇怪!怎么又掉了?"回头一看也没有人,也没有树,真是莫名其妙。你道项福的帽子掉了两次是怎么回事?这是展昭在试探项福的功夫如何,头次从树旁经过,就把帽子从项福头上提了抛出去,他藏在树后,见项福丝毫没有发现。第二次走到湖边,又把帽子从项福头上提了抛去,藏在石头后面,项福回头看也没有发现展昭。从中可见此人学艺不精,展昭就没有把他放在心上,回到客栈休息了。

　　第二天,展昭到太守衙门前私自窥探,只见门前拴着一匹黑马,上面驮着个包袱,旁边有个人拿着鞭子席地而坐。展昭想项福可能还没有动身,就在一旁观看。过了不一会儿,项福出了太守衙门,那人连忙站起拉过马来,把马鞭子递了过来。项福接过鞭子,认蹬上马,加了一鞭往前去了。南侠下了酒楼在后面紧跟着,到了安平镇的地界,见路西也有座酒楼,匾额上写着"潘家楼"。项福将马勒住,拴在路旁,进了酒楼。南侠也下马,跟着进酒楼,见项福坐在南面的座上,南侠便坐在了北面的座位上。跑堂的过来擦抹桌面,问要什么酒菜,跑了下去要菜。南侠坐在位子上环顾四周,见西面坐着一个老者,看样子是个乡绅,态度傲慢,俗不可耐。

不多时,跑堂的端了酒菜上来,将饭菜摆好。南侠刚要喝酒,只听楼梯声响,见一个武生打扮的人走上楼来,只见他眉清目秀,干净利落,透着精明强干。南侠不由得放下酒杯,暗自称赞。那人刚找了位子坐下,只见南面的项福连忙站起来,走到这位武生的座位前鞠了一躬,口中说道:"白兄久违了!"那武生见了连忙还礼,答道:"项兄,分别多年,今日幸会了。"说着话,彼此让着坐在了一起。南侠看着心里十分不快,暗想:可惜这样一个人却认得他,两个人真是天渊之别啊。边想边听两个人的谈话,只听项福说:"自从分别,到现在已经有三年了吧。总是想到贵府拜访,偏偏总是忙。令兄可好?"那武生听了眉头一皱,叹口气道:"家兄已经去世了。"项福吃惊地说:"怎么大恩人已经故去了,可惜,可惜!"你道此人是谁?他是陷空岛五义士之一,姓白名玉堂,绰号"锦毛鼠"。当初项福是个走江湖卖药的,因在街头卖艺与人发生了口角,误伤了人命被关进了大牢。多亏了白玉堂的哥哥白展堂见他是个汉子,离乡在外遭此官司十分可怜。因此尽全力将他救出来,又给他银子,让他上京求取功名。项福拿着银子本是想上京的,不想在半路上遇见了庞昱到陈州放赈,他打听明白,先结交了庞昱的总管庞福,然后被推荐到庞昱的跟前。正好庞昱要找一个勇士做自己的帮手,便把项福留在身边了。项福不以为可耻,反而觉得十分荣耀。

且说项福正与白玉堂说话,又有个老者上了楼,只见他衣衫褴褛,面容枯槁,见了西面坐的那个乡绅紧走几步,双膝跪倒,二目落泪,口中苦苦哀求。那老者仰面摇头,就是不答应。南侠在那里看得很不忍心，刚想过来问是怎么回事，只见白玉堂走过来问道："你为何如此呢？有什么事，可否对我说说？"那老者说："公子爷有所不知，因小老欠了员外的私债没办法还，员外就要拿我的女儿抵债，你说这怎么能行，我只能求员外开恩多宽限几天，让我将债还上。"白玉堂听完问："你欠他多少银两？""我原欠他五两，借了三年，加上利息一共是三十五两。"白玉堂听了冷笑道："原来只借了五两银子。"转过头又对员外说："你这利息也太少了，这银子我替他还了。"说完让随从拿三十五两银子来，又对员外说："可有借据？"那员外见有人能还钱急忙说："有的，有的。"从怀里掏出了借据递给了白玉堂，白玉堂看了叫人把称好的三十五两银子给了员外，说："今天当着大家的面，你们是互不相欠了。"员外接过银子，笑嘻嘻地说："不欠了，不欠了。"拱拱手，下楼去了。白玉堂将借据交给了老者说："以后不要再向他借钱了。"老者答道："多谢公子，不敢借了。"千恩万谢而去。刚走到南侠桌前，南侠说："老丈不要忙。我这里有酒，请喝一杯酒压压惊再走不迟。"那老者说："素不相识，怎么好打扰。"南侠笑道："别人为你费银子，我请喝一杯酒又算得了什么？不要见外，请坐了。"那老者才坐下了，南侠给他斟了杯酒问："那个员外叫什么？在哪里住？"老者说："他住在苗家集，名叫苗秀。只因他儿子苗恒义在太守衙门内当书吏，他便仗势欺人，常常欺负邻里。不是因为我受了他的欺负才这么说，不信您可以打听打听，就知道我说的不错了。"南侠记住了，老者喝了几杯酒告辞走了。

　　那边白玉堂继续和项福聊天，项福正说道自己现在为安乐侯效力，今特奉命前往天昌镇办件要紧的事情。白玉堂听闻道："哪个安乐侯？"项福说："就是庞太师的儿子庞昱。"说完还露出了得意的神色。白玉堂不听则已，听了顿时怒气冲天，面红耳赤，冷笑道："你怎么投到他的门下了？好！"说完立刻命人结账，站起来头也不回地走了。南侠在一旁看得明白，暗暗称赞：这才是个人物。忽然又想到刚才项福说他在天昌镇等包公到来，我何不趁此机会先到苗家集去访访那个苗秀。想罢，结了账下楼去了。

　　到了晚上，南侠改扮行装，潜入苗家集，来到了苗秀的家。南侠在暗中查看，见有待客厅三间，灯烛明亮，里面有人在说话。他悄悄站在窗外听，原来是苗秀和儿子苗恒义在谈话："我今日在潘家集发了个小财，得了三十五两银子。"便将遇到白玉堂替老者还钱的事说了一遍。苗恒义笑道："我今天白得了三百两银子。"苗秀吃惊地问："怎么得的呢？"苗恒义说："昨日太守打发项福起身后又与侯爷商量了一计，说项福此去成功便罢，如不成功叫侯爷改扮行装，从东皋林悄悄地回京，在太师府里躲避，等着包公查完了再做打算。我们老爷为侯爷准备了三百两银子做路费，交给我办理此事。我想侯爷所做的事情都是无法无天的，不知道搜刮了多少钱财，还差这三百两吗？到走的时候，我只要把东西搬上船，让船家找侯爷要钱便是了。到时候他害怕事情张扬出去，也一定会把钱给船家的。这三百两银子虽说是太守给他的，但侯爷哪里知道我到底有没有给。我这不是白得了三百两银子吗?"说完洋洋得意。南侠在窗外听得真切,心想真是"恶人自有恶人磨"。猛回头忽然见旁边有个黑影一闪而过,好像是白天在酒楼看到的那个武生,暗笑道:白日替人还了银子,晚上就来讨债来了。忽见灯光一闪来了人,南侠赶忙躲在房上观看,原来是个丫鬟拿着灯进来禀告:"员外,不好了。夫人不见了。"苗秀父子闻听吃了一惊,连忙一起往后跑。南侠见人已走,下了房来到屋中,见桌上放着六包银子,外有一小包。他便揣了三包,留下三包和那个小包给白天那个人。

原来那个人影儿果然是白玉堂,开始看见南侠在窗外窃听,后来见他将身子贴在房檐上,暗自佩服此人功夫不错。见有人来,白玉堂没有躲而是迎面走来,见是一个丫鬟正扶着夫人,白玉堂抓住了夫人,将她绑了起来,那丫鬟赶忙去送信。只听着父子两个人向这边跑来,白玉堂又回到了屋内,发现桌上只剩了三包银子,还有一小包,便知道是那个人将另三包拿走了,留下一半。白玉堂将银子拿走,跑出了苗家。却说苗秀父子到外边寻找夫人,找了半天终于在粮囤旁边找到了。丫鬟将夫人搀回屋子,喝了点水。苗恒义忽然想起桌子上还有银子,便连忙去看,可银子早就不见了。这时,他才知道中了调虎离山之计。父子二人心疼了半天,但也无可奈何了。苗家父子丢了银子也不敢声张,吃了个哑巴亏。白玉堂揣着银子自奔前程,展昭拿了银子朝天昌镇去了。

且说包公在三星镇审完了案件,正在休息中。包兴到老爷的房中送茶,忽然看见桌面上有个字条,上面写着:明日天昌镇,谨防刺客行凶。分派众差人到东皋林,捉拿恶贼庞昱。

包兴见这字条非同小可,连忙呈给包大人。包公看了,叫来了公孙策,公孙策问道:"不知这字条是从何而来?"包公道:"不用管它的来历,明日到天昌镇严加防范,再派差人去东皋林守候。"公孙策连忙退出,与张龙、赵虎、王朝、马汉商议,大家都要小心应对。你道这字条从何而来?原来是南侠离开苗家集到了天昌镇,见包公还没到来,心中一想:恐怕包公明天来不及应对,不如我迎上前去把这事告诉大人,让他好有准备。想罢,不辞辛苦,连夜又赶到了三星镇,恰好是三更天。来到公馆,悄悄地将字条放在桌上,也不惊动包公便又回去了。

第二天,包公众人到了天昌镇,进了公馆,前后左右搜查明白。公孙策暗暗吩咐马快、步快两个头儿,一名耿春,一名郑平,二人主要负责检查出入的人。叫王、马、张、赵四人围住包公的住处,前后巡逻。如果有动静,大家一起动手。分派好了人,已经到了点灯的时候。到了三更天,外面还没有动静。赵虎走到一株大榆树下,猛然往上一看,嚷道:"有人了!"这么一叫,大家伙都赶来了,拿着灯一照果然有个人藏在树上,这下可乱了,喊声四起:"抓贼啊,抓贼啊。"树上的人听了可能是吓坏了,纵身一跳跳到了大房上,赵虎叫道:"好贼,哪里跑?"话没说完,迎面飞下来一个东西,赵虎闪身躲过,却因为劲儿太大差点摔了个跟头。房上之人刚要越过屋脊,只听"哎哟"一声,咕噜噜从房子上摔了下来,正好落在赵虎的身边。四爷一翻身,急忙将他按住。大家上前将刺客绑了,送到了包大人跟前。此时,包大人非但没有怪罪,反而笑容满面说："快快松绑。"公孙策明白了包公的用意，假作吃惊的样子说："这个人前来行刺，怎么能放了？"包公说："我求贤若渴，见了这样的壮士，焉有不敬重的道理。何况我与他无怨无仇，一定是受了小人的驱使才来行刺的。快快松绑吧。"公孙策对那人说："你听见了，我家老爷如此大恩，你将何以为报？"说罢，吩咐张龙和赵虎给他松了绑，王朝见他的腿上钉着一枝袖箭，替他拔出来。包公又吩咐："看座。"那人见包公如此对待自己，又见了王、张、马、赵分立两旁，虎视眈眈，不由地又惭愧又畏惧，跪在地上说："小人冒犯钦差大人，真是该死。"包公连忙说道："壮士只管坐下吧。"那人只得坐了，包公道："壮士贵姓，为什么来行刺？"那人见包公如此厚待自己，不由说了出来："小人名叫项福，是受了庞昱的差遣来刺杀大人。不想大人如此厚待我，真是让我无地自容了。"包公笑道："这次我是奉了皇上的命令来陈州查赈，可能有人见了，产生了嫉妒之心。希望今后见了侯爷的时候壮士可以当面对质，不辜负我的敬重之心。"项福听了连忙称"是"，包公吩咐公孙策好好招待项福，其实是暗暗地监视项福。此时，王朝将袖箭拿给包公，认出是南侠的袖箭。包公听了才知道原来为他送信和射中刺客的人是南侠，心中十分感激。

此时，公孙策分兵派将，命张龙和赵虎到东皋林捉拿庞昱到案。二人到了东皋林，却没见有什么动静。赵虎道："难道是已经过去了吗？"两个人正在猜疑之时，忽然见对面来了一队人马，两个赶忙藏到了树后。不一会儿，人马过来了，赵虎突然从树后窜出来，摔倒在地，嘴里还叫道："不好了，撞到人了。"张龙和众差役也出来,拦住了去路说:"你撞了人,不能走了。"那些恶奴哪里把这些人放在眼中,喊道:"你们这些人好大的胆子,竟敢拦住侯爷的路,不要命了。还不赶快走开。"张龙说:"谁管你侯爷不侯爷的,把我们的人撞了就是不行。"众恶奴听了更生气了,说:"好,这是安乐侯,太师的儿子。你们竟敢拦住去路,真是反了天了!"赵虎听清楚了是安乐侯,一骨碌从地上爬起来,二话不说劈面就是一掌,说:"打的就是安乐侯。"说罢,一把将庞昱拉下马来,众恶奴见状不好,都吓得逃之夭夭了。赵虎拿住了庞昱,就不去追赶别人了。众人押着庞昱,直奔公馆而来。

张龙和赵虎将庞昱押到了公馆,带到了大堂之上。包公见他带着铁锁,连忙吩咐道:"你们太不懂事,侯爷怎么能锁上?还不赶快卸去。"差役赶忙卸了下去,庞昱到了此时也有些害怕,便要跪下。包公道:"不要如此,我与太师有师生之谊,你我就是兄弟,不过因有这个案子不得不当面对质,要实话实说,我好帮你。"说完,带上了那些申冤的百姓,有的田地被庞昱霸占,有的是妇女被掠走。包公按状子一张张地讯问。庞昱见包公的言语和蔼,以为他是有意包庇自己,心想:不如从实招来,求求包黑,或者看在我爹的面子上也就没事了吧。想完对包公说:"钦差大人不必细问,这些事情都是我一时糊涂犯的,此时后悔也迟了。只是求大人看在我父亲的面子上,饶我一命。"包公道:"这些事你都招认了,还有一件事,那项福是何人叫他来的?"庞昱听了一愣说:"项福是太守蒋完的手下,犯官不知是何人派来的。"包公吩咐:"带项福。"

只见项福被带到,走上前来对庞昱说:"侯爷不必隐瞒,我都已经招了。侯爷只管实说,大人自有主张。"庞昱见项福如此,不得已也招了,是自己派来的。包公便叫他画供,庞昱此时也不得不画了。

画了供后,只见众证人都被带到。包公便叫各家上前来认人,也有父亲认女儿的,也有兄认妹的,纷纷不一,号哭之声令人不忍听下去。包公吩咐,叫他们在堂下两边听候审判。又派人请来了太守,包公对庞昱说:"你今日所作所为,理应被送到京城问罪。我想路途遥远,反而受罪。再者到京城一定会被带到三法司审判,到那时难免皮肉受苦。倘若圣上大怒必要从重处理,那时该如何处置。不如本阁在此处理了,你说好不好?"庞昱道:"任凭大人做主,犯官不敢不从。"包公顿时把黑脸放下,虎目一瞪,吩咐:"请御刑!"只见四名衙役将龙头铡抬到了堂上,王朝上前抖开黄龙套,露出金灿灿、光闪闪、惊心落魄的铡刀。恶贼一见,胆裂魂飞,刚要说什么。只见马汉早就将他丢翻在地。四名衙役过来,给他嘴里衔了块木头,剥去衣服,将芦苇铺放在地上,把他放在芦苇中一卷,放入了铡刀口,两头平均,庞昱早就吓得昏了过去了。此时马汉、王朝面向里,左手拿着刀把,右手按着刀背,等待着包公一声令下。包公将袍袖一拂,一扭头口喊:"行刑!"王朝将虎躯一纵,两膀用力,只听"咔嚓"一声响,将庞昱斩成了两截。堂下的百姓见了无不又惊又喜,惊的是这包公办案如此神速,喜的是恶贼终于受到了惩罚。此时,大家才知道包公是一心为国、为民除害的忠臣。包公接着吩咐:"换了御刑,把项福拿下!"听了个"拿"字,左右一伸手便将项福把住。此时项福见斩了庞昱,心中早已经突突乱跳,听见拿他,不由得吓倒在地,高声喊道:"小人何罪?"包公一拍惊堂木,喝道:"你这奴才,本阁乃是钦差,你竟敢来行刺。行刺钦差就是反叛朝廷,你还说没罪吗?"项福不能回答。左右上前,像刚才斩庞昱一样用狗头铡将项福斩了。那知府知道了庞昱和项福被斩,知道自己也难逃法网,在家自缢而死了。

　　包公在陈州斩了昏官,为百姓除了大害,接下来为百姓发放赈灾的东西,让百姓安居乐业,那些逃难的人也纷纷回到了家乡,大家都称赞包公不畏权势,为民做主。

　　要知后事如何,且看下回分解。

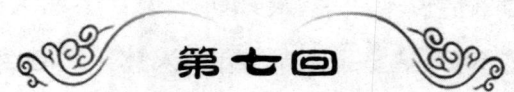

第七回
耀武楼南侠封护卫
茉花村双侠邀展昭

且说上回包公在陈州斩了恶贼庞昱，为民除了一大害。陈州的情况已经稳定，包公便带领着差役们回到了京师。

第二天早朝，包公禀明了经过，皇上听了十分高兴。此时老丞相王芑上了一本，说自己年老体衰，情愿告老还乡，皇上便封包公为丞相，管理朝政。包公启奏："臣此次到陈州多亏了一位侠客帮忙，若不是他，恐怕不能顺利捉到庞昱。"皇上问："这位侠客是谁？"包公回禀："这位侠客叫展昭，当初我赶考时路过金龙寺，遇到凶僧陷害，也是此人搭救的。"皇上听了说："如此说来，这位侠客一定是武艺高强了。"包公道："如果说武艺，他有三绝：第一，剑法精妙；第二，袖箭百发百中；第三，他的轻功极好，可以飞檐走壁。"天子听了不觉鼓掌大笑说："朕早就想寻找这样的能人，可是总没有找到，今日听你说这个人，正合朕意。此人现在在这里吗？"包公说："此人现在正在臣的衙内。"天子说："既然如此，明日你就带此人进宫，朕要亲往耀武楼试艺。"

包公领了旨意，回到开封府，包兴递过茶来，包公吩咐说："请展爷！"包兴领命请展昭来到书房，包公将今天上朝皇上要见他的事情说了一遍,展昭听了说:"多谢大人的推荐,只怕我武艺不精,被皇上怪罪,给大人抹黑。"包公说:"侠士不用如此谦虚,明日只要把本事施展出来就好。"第二天,包公乘轿,展昭骑马,一同入朝觐见。天子率领文武百官来到了耀武楼,升了宝座。包公和展昭参见皇上,皇上见展昭雄姿英发、气宇不凡、举止得体十分高兴。又问了家乡籍贯,展昭一一奏对。天子便叫他舞剑,展昭走下楼接过了剑,朝上叩了个头,将衣服边掖了掖,先来了个开门式,只见光闪闪,冷森森,一缕银光翻腾上下。起初身随剑转,还可以分辨得清楚,到后来竟使人眼花缭乱,分不清哪个是人,哪个是剑。周围看的人无不暗暗喝彩,展昭施展平生所学将剑舞完,仍是怀中抱月的架势收住,面不改色心不跳。天子见展昭的武艺如此高超十分高兴,对包公说:"真是好剑法,怪不得卿家夸奖。他的袖箭又如何试法?"包公奏道:"展昭曾说过他夜间能打灭香头之火,但是现在是白天,只好在木牌上面糊上白纸,圣上随意点上三个红点,试他的袖箭,不知圣意如何?"天子道:"正合朕意。"包公早已吩咐预备下了,自有执事人员将木牌拿来。天子验看,上面糊着一张白纸,于是提起朱笔随意点了三个大点,叫执事人员随展昭去,由展昭决定距离的远近。展昭斜行约二三十步远近,估计圣上能看得见,才叫人把木牌立稳。展昭又在木牌之前对着耀武楼遥拜,然后站起来,看准红点,转过身竟奔耀武楼。跑了约有二十步,只见他将左手一扬,右手便递将出去,只听木牌上"啪"的一声。他便立住脚,正对了木牌,又是一扬手,只听那边木牌上又是一声响；展爷此时又改了一个卧虎势，将腰一躬，脖子一扭，从胳肢窝内将右手往外一推，只听得"啪"的一声，将木牌打得乱晃。展爷打完了三袖箭，站起了身往上叩头。此时已有人将木牌拿来，请圣上验看。见三枝八寸长短的袖箭都钉在朱红点上，天子看了觉得真是很奇妙，连声称道："真绝技也！"

　　包公又奏道："启奏皇上，展昭第三技是纵跃法，非登高不可，就叫他上对面五间高阁，皇上可以登楼欣赏，这样才真切。"天子道："那就这样吧。"圣上起身传旨："所有大臣都随朕登楼，余者在楼下等候。"天子来到楼上入座，众臣环立左右。展昭此时已将袍服脱掉，收拾好了。四爷赵虎不知从何处暖了一杯酒来说道："大哥喝一杯助助兴，提提气。"展爷道："多谢贤弟费心。"接过一饮而尽。展昭到了楼阁下，在平地上鹭伏鹤行，徘徊了几步。忽见他身体一缩，腰背一躬，"嗖"的一声，犹如云中飞燕一般，早已轻轻落在高阁之上。这边天子惊喜非常，说道："你们看他，怎么能一转眼间就上了高阁呢？"众官员也齐声夸赞。此时展昭又走到高阁的柱子下面，双手将柱一搂，身体一飘，两腿一飞，"嗤、嗤、嗤、嗤"顺着柱子倒爬而上。到了顶头，用左手把住，左腿盘在柱上将身体一挺，右手一扬，做了个探海势。天子看了连声赞"好"。群臣以及楼下人等无不喝彩。又见他右手抓住橼头，滴溜溜身体一转，把众人吓了一跳。他转过左手，找着橼头，上面两手倒把，下面两脚拢步，由东边串到西边，由西边又串到东边。串来串去，串到中间，忽然把双脚一拳，用了个蜷身势往上一翻，脚跟勾住了房瓦，平平的将身子翻上房去。

耀武楼南侠献艺

天子看至此，不由失声道："奇哉！奇哉！这哪里是个人，分明是朕的御猫一般。"展昭在高处听见，在房上给圣上叩了个头。众人又是欢喜，又替他害怕。只因圣上金口说了"御猫"二字，南侠从此就得了这个绰号，人人称他为"御猫"。此号一传不要紧，却惹怒了江湖中的一个英雄。仁宗天子亲试了展昭的三艺，当日立刻传旨："展昭为御前四品带刀护卫，就在开封府供职。"展昭叩头谢恩，从此效命开封府。

时光荏苒，岁月如梭，眨眼间过去了三个来月，展昭在开封府协助包大人办了许多案子，这日忽然想起自从当官后一直没有回家祭祖，便向包大人请假回乡。话说简短，展昭这一日回到了家，在门前敲门。里面有个苍老的声音说："我从不欠人账，又不与别人来往，是谁在敲门呢？"展昭一听是老仆人展忠的声音。大门打开，展忠见是展昭回来了喜出望外："我说是谁呢？原来是大官人回来了。好久不曾回家，快快进来。"展昭进屋坐下，展忠端了一碗热茶来，展昭说："您老不必忙了，下去歇息吧。"因为展昭知道展忠爱唠叨，本不想听他说话所以才这么说。谁知展忠说道："老奴不乏。大官人不要不爱听，照理说你也该做点正经事了。每日在外闲游，家也不顾，耽误多少事。上个月开封府包大人那里打发人来请官人，又是礼物又是聘金。老奴说您不在家，不肯收礼。那人不听，将礼物放下来就走了，只留下一封信。"说完从怀中掏出信来递给了展昭说："官人看看，俗话说得好：'无功受禄，寝食不安。'你也该为国效力才是。"南侠也不说话，接过信来拆开,看了一遍说:"你如今放心吧,我已经在开封府做了四品的武官了。"展忠说:"大官人不要扯谎,做官怎么是你这身打扮。"展昭听了说:"你不信,看看我包袱里的衣服就知道了。我告诉你说,只因为我做了这官,如今特地告假回家祭祖。明日预备祭礼,到坟前一拜。"展忠打开包袱,果然见里面有件四品的官服,不觉欢喜非常:"大官人如今真的做了官了,待老奴给你磕头。"展昭连忙挽住:"你是有年纪的人,不要多礼。"展忠又说:"官人既做了官,从此要完成婚姻大事,早日成家立业才好。"南侠说:"我也是这样想,前一段时间在杭州有个朋友曾提过一门亲事,等祭祖后我便到杭州去联姻。"展忠听了更加高兴,欢天喜地的去预备祭礼了。到了第二天,有许多的乡亲邻里来贺喜,帮忙往坟上搬运祭礼。展昭换上了四品的官服,骑了高头大马到坟前,见男女老少都是看热闹的人,心里纳闷怎么这么多的人都知道自己的事情。他怎么知道,原来昨天老仆人买祭礼的时候早就将这件事宣扬出去了。到了坟上,拜了三拜,又细细地在周围看了一遍,见坟冢和旁边的树木都很整齐,心里更加感谢展忠的照顾,留恋多时才骑马回家。许多乡亲都来看望,展昭在家倒觉得十分劳神,便决定起身上杭州,叫仆人准备好行李马匹。到了第二日,和展忠告了别,出门上马,朝杭州而来。

且说展昭到杭州哪里是为了联姻,而是上次游西湖难以忘怀,才编了个谎话说是联姻。这一日来到西湖畔,展昭慢步来到断桥亭上举目远眺,欣赏西湖的美景,真是令人心旷神怡。正在畅快之际,忽见那边堤岸上有个老头将衣服搂起，把头一蒙，纵身跳入水中。展昭见了不觉失声叫道："哎哟！不好！"自己又不会水，急得他在亭子上搓手跺脚无计可施。猛然见有一只小渔船，犹如弩箭一般飞也似的赶来。到了老者落水之处，见个少年渔郎把身体向水中一顺，仿佛把水刺开的一般，虽有声息，却不咕咚。展爷看了便知此人精通水性，不由得定睛观看。不多时，只见少年渔郎将老者托起身子浮在水面上，荡悠悠奔着岸边而来。展爷满心欢喜下了亭子，绕到那边堤岸之上。见少年渔郎将老者两足高高提起，头向下，控出许多水来。

展爷细细端详渔郎，见他年纪二十来岁，英华满面、气度不凡，心中暗暗羡慕。渔郎将老者扶起，盘上双膝，在对面慢慢唤道："老丈醒来，老丈醒来。"此时展爷看那老者，见他白发苍髯、面容枯瘦，叫了半天才哼了一声，又吐了好些清水。"哎哟"了一声苏醒过来，微微把眼一睁道："你这人真是多管闲事，为什么把我救活？我是活不得的人了。"此时已聚集了许多看热闹的人了，听了老者的话说："这老头子真是不讲理，人家把他救活了他倒抱怨。"渔郎并不生气，反而笑嘻嘻地说："老丈不要如此，蝼蚁尚且贪生，何况是人呢？有什么委屈说来听听，要是真的活不下去，我再把你送下水去。"旁人听了都悄悄道："只怕难吧！你既将他救活，谁又眼睁睁地瞅着让你把他又淹死呢？"只听老者道："小老儿姓周名增，原在中天竺开了一座茶楼。三年前冬天大雪，忽然我铺子门口卧倒一人，是我慈心一动，叫伙计们将他抬到屋中，盖好暖被，又给他热一碗姜汤。这个人苏醒过来，自称姓郑名新，父母俱亡，又无兄弟。因家业破落前来投亲，偏偏没找到，一来肚内无食，二来又遇到大雪，因此倒在雪中。我见他说得可怜，便将他留在铺中，慢慢地将病养好了。谁知他又会写又会算，在柜上帮着我做事很勤快。也是我一时错了主意，我有个女儿，就将他招赘为婿，开始的时候生意做得很好。不料去年我女儿死了，他又续娶了王家姑娘，就不像先前那样对我了。后来因为收拾门面，郑新对我说：'女婿是半个儿，唯恐将来别人不服。何不将周字改成郑字，将来也免得人家讹赖。'我一想也行，就将周家茶楼改为郑家茶楼。谁知我改了字号之后，他们便不把我看在眼里了。一来二去，言语中渐渐露出说我白吃他们，他们倒养活我，是我赖他们了。我听他这么说便与他争辩，无奈他夫妻二人口出不逊，就以周家卖给郑家为题，说我讹了他。因此我气愤不过，在本处仁和县将他告了一状。他又在县内打点通了，反将小老儿打了二十大板，逐出境外。渔哥你想，我现在这个样子还有个活头么？不如死了，在阴司把他再告下来，出出这口气。"渔郎听罢笑着说："老丈，你打错如意算盘了。一个人断了气，还怎么能出气呢？再者他有钱使得鬼推磨，难道他阴司就不会打通么？依我倒有个主意，不如活着和他赌气，你说好不好？"周老说："怎么和他赌气呢？"渔郎说："再开个周家茶楼气气他岂不好吗？"周老听了把眼一睁道："你还是把我推下水去吧，省得拿我开玩笑。老汉衣不遮体，食不充饥，还怎么能开茶楼呢？你还是让我死了好。"渔郎笑道："老丈不要着急，我问你，开这茶楼要用多少银两呢？"周老道："最少也要三百多两银子。"渔郎道:"三四百两银子不算多,我还可以巴结得来,我借给你就是了。"

展爷见渔郎说了此话,不由得心中暗暗点头道:看这渔郎好大口气,竟能如此仗义疏财,真是难得。连忙上前对老丈道:"周老丈你不要怀疑,如今渔哥既说此话,决不食言。你若不信,在下情愿作保,如何?"只见那渔郎将展爷全身上下打量了一番,便道:"老丈,你可曾听见了? 这位公子爷看起来也不像说谎的。咱们就定于明日午时,你在那边断桥亭子上等我,不可过了午时。"说话之间,又从腰内掏出五两的一锭银子来,托于掌上道:"老丈,这是银子一锭,你先拿去买点衣服和吃的吧,你身上衣服都湿了,难以行走。我那边船上有干净衣服,你且换下来。等到明日午时,给了你银两,再将衣服对换岂不是好?"周老儿连连称谢不尽。那渔郎回身一点手,将小船唤至岸边。取来了衣服,叫周老换了。一拱手道:"老丈请了,明日午时不可失约!"将身一纵,跳上小船,荡荡悠悠,摇向那边去了。周老攥定五两银子,向大众作揖道:"多承众位照顾,小老儿告辞了。"说罢,也就往北去了。

展爷直往中天竺找了家店住下,问明郑家茶楼在哪里,一路寻找而来。来到了郑家茶楼,展昭找了个座位坐下,茶博士赶紧上前招呼,展昭打听清楚了郑新的住处和家里的情况。这时,一个武生打扮的人走进了茶楼,衣服鲜艳,相貌英华,在展昭斜对面坐下了。茶博士不敢怠慢也上前来招呼,只见那武生问的问题和展昭一样,也是打听茶楼东家的情况。搞得茶博士一头雾水,心想今天可真奇怪,怎么两个人问同样的问题。展昭自从那武生一上楼时便觉得眼熟，又听他与茶博士说了许多话，恰巧与自己问的一模一样。细听声音再看面庞，原来就是救周老的渔郎。心中踌躇道："他既是武生，为何又是渔郎呢？"忽见那武生站起，来到展昭跟前说："尊兄请。"展爷连忙放下茶杯，答礼道："兄台请了。何不一起说说话？"那武生过来，展爷将首座儿让与武生坐了，自己在对面相陪。那武生问展爷道："尊兄贵姓？家乡何处？"展爷道："小弟常州武进县姓展名昭，字熊飞。"那武生道："莫非阁下就是新升四品带刀护卫，钦赐'御猫'，人称南侠的展老爷吗？"展爷道："惶恐，惶恐。请问兄台贵姓？"那武生道："小弟松江府茉花村，姓丁名兆蕙。"展爷惊道："莫非令兄名兆兰，人称双侠丁二官人么？"丁二爷道："惭愧，惭愧。贱名何足挂齿。"展爷道："久仰二位大名，今日得见真是三生有幸。"丁二爷道："我们一直仰慕您，不料今日在此相遇，真是太好了。"这时，茶博士将酒摆上。丁二爷提壶斟酒，展爷回敬，彼此畅饮。展爷便问："丁二兄，为什么打扮成渔郎的样子呢？"丁二爷笑道："小弟奉母命上灵隐寺进香，行至湖畔，见到这好山好水，一时技痒改扮成渔郎，原为散心玩耍，无意中救了周老，也是机缘凑巧，兄台不要笑我。"正说之间，忽见有个小童上楼来，见到丁兆蕙说道："小人想二官人一定在这里，果然就在。"丁二爷道："你来做什么？"小童道："方才大官人打发人来请二官人早些回去，现有书信一封。"丁二爷接过来看了道："你回去告诉他说，我明日就回去。"略顿了一顿又说："你叫他暂且等等罢。"展爷见他有事连忙说："吾兄有事，尽管去吧。"丁二爷道:"其实也没什么事,既然如此我先走了,请吾兄明日午时千万到桥亭一会。"展爷道:"一定。"丁二爷执手告别,下楼去了。

展爷自己又喝了一会儿,回到了寓所。歇至二更以后,他也不用夜行衣,就将衣襟拽了一拽,袖子卷了一卷,佩了宝剑,悄悄走出寓所。到了郑家后楼,见有墙角纵身上去。绕至楼边,又一跃到了楼檐之下,见窗上灯光有妇人影儿,又听杯箸声音。忽听妇人问道:"你请官人,如何不来呢?"丫鬟道:"官人在茶行兑银两呢。"妇人道:"你再去看看,天已三更,如何还不来呢?"丫鬟答应下楼。猛又听得楼梯乱响,只听有人唠叨道:"没有银子,要银子;即使有了银子,他又说晚上不安全,暂且寄存,明日再来拿罢。可恶的很!上上下下,叫人费事。"说着话,只听唧叮咕咚一阵响,好像是将银子放在桌子上的声音。

展爷临窗偷看,见桌上堆着八封银子都是用纸包着,上面影影绰绰有花押。只见郑新一边说话,一边打开那边的假门儿将银子放进里面,仍将假门儿扣好,来到妇人的屋子里。只听妇人说:"我想起一件事来。"郑新问:"什么事?"妇人说:"就是为那老厌物,虽被逐出境外。我细想来,他既敢在县里告下你来,就保不住他在别处告你,那时怎么好呢?"郑新听了叹道:"若论当初,原受过他的大恩。如今将他闹到这步田地,我也就对不过我那亡妻了!"声音有些悲切。忽听"哎哟"一声,只见丫鬟跑上楼来,惊慌失措的样子。郑新一见问道:"你是怎么了?"丫鬟气喘吁吁说道:"了……了不得,楼……

楼底下火……火球儿乱……乱滚。"妇人听了说："这也犯得上吓得这个样儿。这别是财罢？想来是那老厌物攒下的积蓄埋藏在那里罢。我们何不下去瞧瞧，记明白了地方儿，明日慢慢地再刨。"一席话说得郑新贪心顿起，忙叫丫鬟点灯笼在前引路，妇人后面跟随，郑新也随在后一起下楼来。此时窗外展爷暗想：我何不趁此时撬窗而入偷取他的银两呢？刚要抽剑，忽见灯光一晃有个人影儿，展昭从窗孔中一望，不禁大喜。原来不是别人，正是二侠丁兆蕙。南侠暗暗笑道：敢情他也是向这里挪借来了。只见丁二爷也不东瞧西望，竟奔假门而来。将手一按把门打开，只见他一封一封往怀里就揣。忽听楼梯一阵乱响，有人抱怨道："小孩子家看不真切，就这么大惊小怪的。"原来是郑新夫妇和丫鬟上来了。展爷在窗外，不由得暗暗着急：他们将楼门堵住，我这朋友该如何脱身呢？他若是持刀威吓，那就不是侠士的行为了。正想着时，忽然眼前一黑，再一看，屋内已将灯吹灭了。展爷大喜，暗暗称妙。忽听郑新说："怎么楼上灯也灭了。"展爷在外听得明白，暗想：丁二官人真是机灵，借着灭灯他就走了。想罢，将身一顺，早已跳下楼来，又上了墙跳到了外面，暗暗回到住处。再说郑新叫丫鬟取了火来一看，橱子门仿佛有人开了。自己过去开了一看，里面的银子一封也没有了。忙嚷道："有了贼了！"夫妻二人又下楼寻找了一番，哪里有个人影儿，两口子就只齐声叫苦。

　　第二天中午南侠来到断桥亭，与周老和二侠相见，二侠将银子都给了周老，说："这就是您的本钱了，找个合适的地方再开一家茶楼吧，只是记得不要再轻易相信别人了。"周老千恩万谢，拿着银子走了。丁兆蕙对南侠说："请南侠到我家中做客，我大哥一直想见见您。"展昭想自己也没什么事便与二侠一同前往了。

　　要知后事如何，且看下回分解。

第八回
夜救老仆颜生赶考
白玉堂三试颜查散

　　且说展昭同丁二侠到松江府的家中作客，来到大门外只见台阶之上站着一人，周围跟着许多侍童。看见展昭走近，那人迎接过来，把展昭吓了一跳。原来丁兆兰和丁兆蕙是一对同胞兄弟，丁兆兰比丁兆蕙大一个时辰，因此长得很像。彼此见面都十分高兴，大爷丁兆兰将展昭让进客厅。

　　二位侠客与南侠畅谈，丁二侠问南侠："听说大哥被皇上封为'御猫'，是怎么回事？"南侠听了笑笑说："惭愧，惭愧，其实也没什么。"接着便把事情的经过说了一遍。二位听了说："大哥的所作所为可称得上是名副其实，配得上这'御猫'二字，只是听说有人不服，要找你较量较量。"南侠听了纳闷，问道："敢问二位这是怎么回事？"大爷说："事情是这样的，我们这里的人都靠打渔为生。但是却分为两处，以芦花荡为界，我们在芦花荡的北面打渔，南面是由陷空岛的人打渔。这陷空岛内有个卢家庄，庄主叫卢方，这个人为人谦逊，乐善好施，因他有爬杆的本领，大家送了他个绰号叫钻天鼠。他结交了四个朋友，人送绰号'五义'，大爷就是卢方，二爷是黄州人，名叫韩彰，会做地沟地雷，因此绰号彻地鼠；三爷是山西人，名叫徐庆，是个铁匠出身，能探山中十八孔，绰号穿山鼠；四爷身材瘦小，像个病人，为人足智多谋。姓蒋名平，字泽长。能在水中居住，绰号翻江鼠；五爷少年英华，气宇不凡，行侠仗义。就是做事太刻毒，名叫白玉堂。因他面容秀美，文武双全，所以绰号叫锦毛鼠。"展爷听到说白玉堂便说："此人我认识。"丁二侠说："大哥怎么认识他的呢？"展昭便将苗家集之事说了一遍。丁二侠说："这个白玉堂倒是行侠仗义，但是太傲气了，他听说大哥被封'御猫'，心中十分不服气，已经上京去找你了。"展昭一听可着急了，说道："不知这白玉堂到了京师会惹什么麻烦，我得赶紧回去。希望二位替我准备船只，我必须赶紧回到东京。"兄弟二人听了，知道难以阻拦，只得准备船只。展昭和丁氏兄弟告辞，洒泪分别。

展爷真是归心似箭，这一日天有二更，他已到了武进县，以为连夜可以到家。刚走到一带榆树林中，忽听有人喊道："救命呀！了不得了！有人打劫了。"展爷顺着声音赶过去，原来是个老者背着包袱边跑边嚷。又听后面有人追着，却喊得洪亮："了不得！有人抢了我的包袱去了！"南侠看得明白说："老者，你先藏起来，让我拦阻。"老者藏到树后，展爷也蹲下身去。后面赶的只顾往前跑，展爷将腿一伸，那人来势凶猛，"扑哧"的一声，闹了个嘴吃屎。展爷赶上前按住，解下他的腰间搭包，麻利地将他捆了。此时南侠将老者叫出来问："你姓什么？家住哪里啊？慢慢讲来。"老者从树后出来，先叩谢了说道："小人姓颜，名叫颜福，在榆林村居住。只因我家相公要上京投亲，差老奴到好友金必正那里借了衣服银两。多承金相公一番好意留小人吃饭,临走又交给老奴三十两银子,是赠我家相公作路费的。但是我年老力衰,走不动路,因此回来晚了。刚走到榆树林内便遇见这人,他一声断喝说要'买路钱'。小人一听,哪里还有魂咧,一路跑,喘得连气也换不上来。幸亏大老爷相救,不然我这老命必丧于他手。"展昭说:"榆林村是我必经之路,我就送你到家如何?"颜福听了又是千恩万谢。展爷对劫匪说:"你抢劫路人,还嚷人家抢了你的包袱去了。幸好遇到我,我也不杀你。你就在此歇歇,再等个人来救你吧。"说罢,叫老者背了包袱出了林子,直奔榆林村。到了颜家门口,老者道:"我到家了,请老爷里面喝杯茶再走吧。"一边说话,一边用手叩门。只听里面说:"外面可是颜福回来了么?"展爷见他已经安全回家便说:"我不喝茶了,还要赶路呢。"说完,迈开大步,直奔遇杰村而来。

颜福听得是小主人的声音,说道:"是老奴回来了。"有人开了门,颜福提包进来,仍然将门关好。原来这家的小主人叫颜查散,今年二十二岁,自幼丧父,和母亲以及老仆人颜福一起生活。颜老爷活着的时候为人正直,虽然做了县官,但是两袖清风一贫如洗。后来生病去世,家里更加贫困了。颜查散向来有大志向,刻苦学习,学得满腹经纶,曾多次想上京考试,无奈家道贫寒,一直没有办法去。明年就是考试的年头,颜查散的母亲郑氏对颜生说:"你姑母住在京城,家道富足,你去投奔她吧。再说你和表妹从小定亲,这次去也把亲事定下来。"颜生说:"母亲的想法虽好,但姑母已有多年不通音信。父亲活着的时候还常常寄信问候,父亲去世后也没有派人来吊唁，现在已经很久没有联系了。虽然父母曾为我定下亲事，但我现在功名未成，恐怕姑母很难答应亲事。再者我上京，一来母亲在家无人侍奉，二来也没有路费。"母子正在商议之时，恰巧颜生的朋友金必正来探访。颜查散便将自己的困难告诉了他，金必正说："兄长不必担心，我愿意资助你上京，你让颜福和我去取吧。"母子听了自然十分高兴，谢过了金必正，便让颜福去取。娘儿两个在家中等颜福回来，很晚了颜福还没有回来。颜查散便让母亲先去休息，自己等着颜福回来，一直等到了四更天，颜福总算回来了。

到了第二天，颜生把衣服和银两给母亲看了，正在商量如何进京，颜福进来问："相公是一个人进京赶考吗？"颜生说："是啊，我走了，你替我好好侍奉老太太。"颜福说："相公要是一个人进京可不行。"颜生问："这是为什么？"颜福便将昨晚遇劫之事说了一遍。郑氏听了说："是呀。你要一个人去，我是不放心的，不如你主仆二人一起去吧。"颜生说："孩儿带了他去，家内无人，谁来照顾您呢？"正在为难的时候，忽听有人叩门，开门看时，见是一个小童，一见面就说："您老人家好啊。"颜福瞅着眼熟，却想不起来是谁。只听这小童说："您老人家瞧什么？我是金相公那里的，昨日给您老人家斟酒的人不是我吗？"颜福说："哦，哦！是，是。我倒忘了。你有什么事吗？"小童说："我们相公打发我来见颜相公来了。"老仆听了把他带到了屋内，见了颜生。颜生问："你做什么来了？你叫什么？"小童答道："小人叫雨墨。我们相公知道相公你无人照顾，上京路途遥远，叫小人特来服侍相公进京。

又说老主管颜福有了年纪,可以在家伺候老太太,照看门户。又叫小人带来十两银子,唯恐路上钱不够。"颜生听了不胜感激。郑氏见雨墨说话伶俐明白,便问:"你今年多大了?"雨墨道:"小人十四岁了。"郑氏说:"你年纪不大,能走这么远的路吗?"雨墨笑道:"小人八岁时就跟着父亲做生意,各地的风土人情我都了解,遇事眉高眼低,那算瞒不过小人的了。至于上京城更是熟路了,不然我们相公会派我来吗?"郑氏听雨墨这么说才放心了。颜生和母亲告别,郑氏将亲笔写的书信交与颜生说:"你到京中祥符县双星巷找你的姑母。"雨墨在旁说:"祥符县有个双星巷,又名双星桥,小人认得的。"郑氏说:"这样就更好了,你要好好服侍相公。"雨墨道:"不用老太太嘱咐,小人知道。"颜生又吩咐老仆颜福一番,暗暗将十两银子交付颜福,供养老母。雨墨已将小小包裹背起来,主仆二人出门上路。

颜生从来没有出过门,走了一二十里路就觉得两腿酸疼,问雨墨:"咱们自从离开了家,如今走了也有五六十里路了罢?"雨墨说:"可见相公没有出过门。这才离家多大工夫,就走了五六十里?那不成飞腿了么?告诉相公说,总共走了没有三十里路。"颜生吃惊地说:"如此说来路途遥远,真是难走啊!"雨墨说:"相公不要着急,走道儿有个法子,越不到越急,越走不上来。必须心平气和,不紧不慢,仿佛游山玩景似的。即使路上没有景致,拿着一村一寺也算是幽景奇观,遇着一石一木也当作点缀的美景。如此走来走去,心也宽了,眼也亮了,乏也就忘了,道儿也就走得多了。"颜生被雨墨说的高兴起来，沿途玩赏。不知不觉又走了一二十里，觉得腹中有些饥饿，对雨墨说："我不觉得累，只是有点饿了。"雨墨用手一指说："那边不是镇店么？到了那里，买些饭食，吃了再走。"又走了好一会儿终于到了镇子，颜相公见个饭铺就要进去。雨墨说："这里吃的有点贵，相公随我来。"说着把颜查散带到了另一个铺子里，一来为省事，二来为省钱。主仆二人用了饭，又往前走了十多里。累了或者在树下，或者在道旁休息休息再走。

到了天晚，两个人来到一个热闹地方叫作双义镇。雨墨说："相公，咱就在此处住了吧，再往前走就太远了。"颜生说："既然如此，就住在这里吧。"雨墨说："要是住店，相公千万不要多言，一切都让我去做。"颜生点头答应。两个人找了一家客店，小二笑脸相迎说："二位客官请进，我们这里有干净房屋，时候不早了，再要走可就太晚了。"雨墨问："有单间厢房没有？或有耳房也行。"小二说："请先进去看看就是了。"雨墨道："要是有呢，我们就看看；要是没有，我们上那边住去。"小二说："请进去看看又怎么样，如果不合适再走？"颜生说："咱们看看吧，不合适再走。"雨墨说："相公不知道，要是咱们进去，他就不让出来了。店里的脾气我是知道的。"正说着，又出来了一个小二说："请进去吧，我们不会讹你们的。"颜生便向里走，雨墨只得跟随。只听店小二说："相公请看，这是正房三间，裱糊的又干净又豁亮。"雨墨说："是不是？不进来你们硬让进，进来就是上房三间。我们爷儿两个又没有什么行李，干吗住三间上房，你这还不讹了我们呢！告诉你，除了单厢房或耳房,别的我们都不住。"说罢,回身就要走。小二一把拉住道:"怎的了! 我的二爷。上房三间,两明一暗。你们二位住那暗间,我们算一间的房钱好不好?"颜生说:"就是这样罢。"雨墨说:"咱们先小人后君子,可说明白了,我就给你一间的房钱。"小二连声答应。

　　主仆二人来至上房,进了暗间,将包裹放下。小二擦外间桌子说:"你们二位在外间用饭罢,不宽敞点吗?"雨墨说:"你不用诱我们,就是在外间吃饭也是住这暗间,也是给你一间的房钱。况且我们不喝酒,这时候还饱着呢,我们不过随便吃点什么就行了。"小二听了又说:"闷一壶高香片茶来罢。"雨墨说:"路上喝的凉水,这时候还满着呢,不喝!"小二说:"点个烛灯罢。"雨墨说:"怎么你们店里没有油灯吗?"小二说:"有啊! 怕你们二位嫌油灯子气,又怕油了衣服。"雨墨说:"你只管拿来,我们不怕。"小二才走,雨墨便说:"他倒是省事,叫我们花钱买烛,他却省了油钱。"小二取灯取了半天才回来,问道:"二位吃什么?"雨墨说:"不用别的,给我们一个烩烙炸。"店小二估计没什么油水,抽身就走了,连影儿也不见了。两个人等的急了,便催着快点,小二说:"没得。"再催他,他说:"快了,已经下了杓了。"正在等着,忽听外面有人嚷道:"你这地方就敢小看人么? 你不让我住,还要凌辱斯文。这等可恶! 我将你这狗店用火烧了。"雨墨说:"该! 这倒替咱们出了气了。"又听店东说:"都住满了,真没有屋子了,难道为你现盖吗?"又听那人更高声道:"放狗屁! 满口胡说! 你现盖——现盖,也要我等得了呀。你就敢凌辱斯文。

你打听打听,念书的人也是你敢欺负的吗?"颜生听着不由得出了门,雨墨说:"相公别管闲事。"刚想阻拦,只见院内那人向着颜生说:"老兄,你评评这个理,他凭什么不让我住!"颜生答道:"兄台若不嫌弃,就在这边屋内和我同住吧。"只听那人道:"萍水相逢,怎么好意思打搅呢?"雨墨在旁边一听,暗说:此事不好,我们相公要上当。想着连忙迎出,见相公与那人已经携手登阶,来到了屋内坐下了。雨墨在灯下一看,只见这个人头戴一顶开花头巾,身穿一件破烂的蓝衫,满脸尘土,实在不像个念书人的样子,倒像个无赖。颜生说:"尊兄贵姓?"那人说:"吾叫金懋叔。"那人问:"请问您贵姓?"颜生也通报了姓名。金生说:"原来是颜兄,失敬,失敬。请问颜兄吃了饭没有?"颜生说:"还没。金兄可用过了?"金生说:"不曾。要不咱们一同吃吧。"颜生说:"好吧。雨墨快去叫小二来上菜。"雨墨很不情愿地去了。小二听楼上要摆菜,赶忙上来招呼:"二位要吃什么? 喝什么?"金生问:"你们这里有什么饭食?"小二说:"我们这的饭菜分三等,不知您要哪一等。"金生说:"谁要三等! 那一等都有什么?"小二说:"鸡鸭鱼肉、翅子海参,要什么有什么。"金生问:"可有活的鲤鱼吗?"小二说:"有的,一两二钱银子一条。"金生说:"不用算钱,只管挑那大的拿来。"小二又问:"那要什么酒呢?"金生说:"我要喝陈年的女贞陈绍。"小二答应了,兴高采烈地下去准备了。

不一会儿,这饭菜就上来了,摆了满满的一桌子。这金生也不拿筷子吃菜,只是一边喝酒,一边等着鲤鱼上来。很快，鱼上来了。金生说："颜兄请吃，这新鲜的鲤鱼味道最是鲜美。"颜查散也让金生吃。两个人边吃边谈，十分投机。只是雨墨在旁边看着金生生气，也不敢说什么。二人吃完了，雨墨见剩了许多东西没动，明日上路了又拿不了，心里很心疼，也没心情吃了。此时，金生哈欠连天，已经有了困意。颜查散说："金兄既然困了就休息吧。"金生说："如此，我就睡了。"说完往床上一倒，把鞋子一甩，不一会儿呼噜声就传出来了。颜查散叫雨墨把灯拿出来，自己也悄悄地睡了。

雨墨坐在屋里心中烦闷，哪里睡得着。好容易睡着了，忽听脚步之声，睁眼看时天已经大亮了。见相公悄悄从里面出来，低声说："快去打洗脸水。"雨墨取来了，颜查散洗了脸。忽听屋内有咳嗽声，雨墨进来见金生正在伸懒腰，口中还念念有词："大梦谁先觉？平生我自知。草堂春睡足，窗外日迟迟。"念完，一骨碌爬起来说："略略休息，天就亮了。"雨墨说："我去给您打水洗脸。"金生说："不用了，我是不洗脸的。叫店小二把账单拿来吧，我来看看。"雨墨纳闷：有意思，就他这样还会结账，便把店小二叫来了。小二拿过来账单，上面共十三两银子。金生说："不多，不多。再赏给你二两银子。"小二听了，笑脸答谢。金生对颜查散说："颜兄，吾也不打扰你了，咱们京城见吧。"说完，趿拉着两只鞋走了。颜生对雨墨说："快交了钱，咱们也走。"雨墨半天才答应："哦。"赌气拿了银子到柜台结账。两个人出了店来到村外，雨墨问颜查散："相公，你看那金生是干什么的？"颜生说："是个念书的好人啊。"雨墨说："哎，公子是没出过门，不知这路上有多少艰险呢。有骗吃的,有骗钱财的,稀奇古怪的人多了。相公如今把金生当好人,小心上当受骗啊。"颜生说:"不要乱说,我看这金相公浑身有着英雄的气概,将来一定不是等闲之辈。如今他只不过是多花了几两银子,有什么大不了的,你不用管我的事情了。"雨墨听了,暗暗笑道:怪道人人常说"书呆子",果然不错,我本来是为了他好,他却怪起我来了。闲言少叙,走了一日,天色已晚。二人来到了兴隆镇找了家店住下了,刚进了屋子,小二进来说:"相公是姓颜吗?"雨墨说:"对呀。你怎么知道?"小二说:"外面有一位金相公找来了。"颜生听了说:"快请,快请。"雨墨想:这可怎么办,他是得了甜头了,如今又找来了。今晚我何不如此如此呢? 想罢,迎接出来说:"金相公来了,真是太好了。我们相公在这里恭候着呢。"金生说:"巧极了,又遇见了。"颜生连忙执手相让,彼此坐下,比昨天更亲热了。

谈话之时,雨墨在旁边说:"我们相公还没有吃饭,金相公也没吃吧。不如先叫小二来,我们点些菜吧。"金生说:"好极了。"正说着,小二拿了茶来,雨墨便问:"你们是什么饭食?"小二说:"等次不同,有上中下三等。"雨墨学着金生的口气:"谁要下等的,赶快把上等的饭食拿来。"接着又说:"你们这有活的鲤鱼吗?"小二说:"有,不过贵些。"雨墨说:"既然要吃,还怕花钱吗?我告诉你一定要把新鲜的鲤鱼拿来,否则我不吃。"小二赶紧下去准备了。不多时,酒菜摆了上来,金生笑道:"这下省事了,不用我说了。"颜生听了也笑了。今天雨墨可想开了,叫小二服侍着,吃了这个,又吃那个。吃完了就倒头睡了,什么也不管。

金生一试颜查散

次日天亮，仍是颜生先醒，雨墨伺候净面水。忽听金生咳嗽，雨墨连忙来到里间，只见金生伸懒腰打哈欠。雨墨急念道："大梦谁先觉？平生我自知。草堂春睡足，窗外日迟迟。"金生睁开眼睛说："你真聪明，都记得。好的，好的！"雨墨道："不用给相公打水了，叫店小二开了单来，算账。"一时开上单来，共是十四两六钱五分。雨墨说："金相公，十四两六钱五分不多吧？外赏他们小二灶上打杂的二两罢。"金生说："使得的，使得的。"雨墨说："金相公京中再见吧，有事只管先请。"金生说："说的是，说的是。我就先走了。"便与颜生执手告别，又趿拉，趿拉地出店去了。颜生见金生去了，便叫雨墨会账。雨墨道："银子不够了，还差四两呢。我算给相公听：咱们出门时共剩了二十八两，前天两顿共花费一两三钱。昨晚吃了十四两，再加上今晚的十六两六钱五分，共合银子三十一两九钱五分，岂不是短了四两吗？"颜生说："还是把衣服典当几两银子，还了账目，余下的作盘缠就是了。"雨墨说："这才刚出门两天就要典当，我看除了这几件衣服，今日当了，明日还有什么？"颜生也不理他。雨墨去了多时，回来说："衣服共当了八两银子，除了还饭账，还剩下四两有零。"颜生说："咱们走吧。"雨墨说："不走还等什么呢？"出了店门，雨墨自言自语说："这金相公也真是奇怪，要说他是骗吃的，为什么要了那些菜来他筷子也不动呢？就是爱好喝酒，也犯不上要一坛来，酒量不很大，一坛子喝不了多少就全剩下了，白便宜了店家。就是爱吃活鱼，为什么只要活鱼呢？说他有意要骗咱们，却又素不相识，无仇无恨，小人猜不出他是什么意思。"颜生说："据我看来，他是个潇洒的读书人，只是有些放浪形骸罢了。"主仆两人边走边聊，到了晚上，雨墨说："相公，咱们今晚住在小店里吃顿饭就行了，这样也省点钱。"颜生说："好，就依你。"两个人来到一家小店住下，刚刚就座，只见小二进来说："外面有位金相公找颜相公。"正说着，金生已经走进来，见了颜查散，鞠了一躬说："吾与兄台真是三生有幸，没想到又在这里遇到。"颜查散说："小弟真的与兄台缘分不浅。"金生说："咱们如此投缘，不如结拜如何？"雨墨听了，心想：不好！他又要出什么主意？连忙接口说："金相公要与我们公子结拜是件好事，可这店这么小也拿不出祭礼来啊。"金生说："不要紧，隔壁的太和店是个大店铺，什么都有。别说是祭礼，就是酒饭也要到那边去吃。"雨墨心想：这下可完了，吃定我们了。这金生也不用雨墨帮忙，只叫店小二去张罗。又是吩咐准备猪头三牲祭礼，又是预备上等的饭菜，要鲜活的鱼，又是要一坛女贞陈绍。要完了东西，颜生和金生两个人说说笑笑。雨墨在旁边看着心想：我们相公真是书呆子，看明早这饭钱到哪里去找？

　　不多时，三牲祭礼准备齐全，两个人互问对方的年龄，颜查散比金生大两岁，颜查散为兄，金生为弟，两人烧香结拜为兄弟。结拜完了，颜查散和金生你叫我仁兄，我叫你贤弟，更觉得亲热了。雨墨在旁边看着，十分的不耐烦。小二上来了酒菜，和上两次一样丰盛。吃完了饭，都各自休息去了。

　　到了第二天早上，颜生出来洗脸，雨墨悄悄地对他说：

"相公昨晚不该与金相公结义，你也不知道他家乡是哪里，是做什么的。要是个骗子或是个坏人，该怎么办？"颜生说："你不要乱说，我看金相公行为举止与常人不同，而且谈吐豪爽，不是你说的那种人。既然结拜了，今后就是患难扶持的兄弟了。你以后不要再说这话了！"雨墨听了说："不是小人话多，只是昨天的酒饭钱怎么办呢？我们已经没有这么多的银两了。"话刚说完，只见这金生走了出来叫道："小二，开了账单来。"雨墨心想：不好，他又要赖账了。小二拿来了账单，一共是十八两三钱。金生看了说："不多，不多。"雨墨以为他这次又要白吃，愁着钱不够，只听金生说："仁兄这个样子进京，穿的寒酸，也没带什么礼物，你的姑母能答应亲事吗？"颜生说："没办法，是我的母亲让我去姑母那里，我本不愿意去看人家的脸色。"雨墨听了，心想：这金相公与我们相公结拜后真是不一样了，知道关心人了。正想着，只见外边走进一个人，这人见了金生倒身就跪下了，说道："小人见过相公了。"金生见来人问："你来这里干什么？"那人说："是大老爷派小人来的，老爷怕您在路上缺银子，派小人给您送四百两银子，叫少爷您先用着。"颜查散和雨墨在旁边吃惊地看着来人的打扮，这人身材高大，头戴雁翅帽，身穿黑布短袍，腰里扎着皮带，手里提着马鞭子，一股英雄气概。只听金生说："替我多谢你家老爷，我用不了这么多的银子，只留下二百两就行了，剩下的拿走吧。"那人听了，从褡裢里拿出四封共二百两银子，放在桌子上就走了。金生将这银子递给颜查散说："这几日多蒙仁兄照顾，不嫌弃我这邋遢之人，今日这银子都给仁兄，置办些东西也好进京去。"颜查散哪里敢收,两个人推来推去,到底还是拗不过,只得收下了。此时,雨墨在旁边都已经看傻了。金生说:"仁兄此次上京要是有什么难处一定告诉我,我有些事先走了,咱们有缘再会。"说罢,趿拉着鞋走出了店。颜生恋恋不舍,眼巴巴地看着金生走远了。主仆两个也整理好行李,开始上路了。

要知后事如何,且看下回分解。

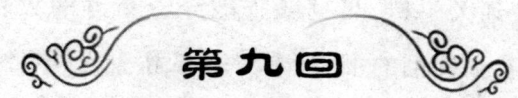

第九回
嫌贫爱富姻缘受阻
铡斩君衡书生获救

上回说到颜查散和雨墨主仆二人重新上路，这一日终于到了祥符县双星桥，打听清楚了柳家在哪里。二人来到门前一看，朱漆的大门，高大的院墙，果然不是一般的人家。

颜查散的姑父叫柳洪，本来是务农的，为人特别吝啬，处处精打细算，因此才积累了些财产。当初只因为颜查散的父亲是县尹，想着以后会发迹，才把自己的女儿柳金蝉许配给了颜查散。没想到后来颜老爷病故，家里更贫困了。他有些后悔，但是碍着妻子的面子没好反悔。三年前妻子颜氏也得病死了，他就下定决心要悔婚，因此也不再和颜家联系了。不久前柳洪娶了冯氏，幸而很疼爱小姐。

一日柳洪正在书房看书，偶然想起女儿金蝉到了结婚的年纪，颜生家道贫困，女儿嫁过去一定会受苦，怎么想个法子把婚退了才好。正在烦闷，听家人禀告："武进县的颜姑爷来了。"柳洪听了吃了一惊，半天才说："你就说我不在家。"家人刚回身，他又叫住问道："颜姑爷是个什么样子？"家人说："穿着鲜明的衣服，骑着高头大马，带着个书童，看起来很气派。"柳洪想：难道是发了财了，我还是出去看看好。想着，起身出来迎接。来到大门口，只见颜查散穿着新鲜的大衫，长相英俊，后面跟着个伶俐的书童，牵着一匹高头大马，不由得心中羡慕，连忙上前相见。颜生见到姑父，赶忙参拜。进屋就座，家人献茶。谈话中颜生说了来此的目的，因家道中落，上京赶考，希望住在这里备考。说完，将母亲的亲笔书信递了上去。柳洪听了才明白了，原来这颜生是个穷光蛋，立刻换了张嘴脸，不像刚才那样欢喜了。无奈之中，便让家人将颜生安排在花园的幽斋居住。颜生还要拜见姑母，柳洪说："你姑母这些日子身体不好，改日再见吧。"颜查散明白了姑父的意思，没办法，只得跟随家人去花园了。心想：幸亏我贤弟给了些银子，否则没钱买衣服和马，可能连门都不让我进了。

　　柳洪送走了颜生，回到房里唉声叹气，眉头紧皱。冯氏见了问："员外为什么如此烦闷？"柳洪便将颜生投亲的事情说了一遍。冯氏听了一愣，马上又说："这不是件好事吗？员外该做的。"柳洪听了更生气了说："什么好事，你平时不是很明白的吗？怎么今日这么糊涂。你看那书信上说让他在这读书，等到明年考试，这得花费多少银子啊。再说如果中了，要请客送礼。要是不中，就在我这里完婚。过了一个月后，再叫我把这小两口送回武进县。你算算，这要花多少银子？到时候，我什么也得不到，岂不是吃了大亏。"冯氏趁机问："那照您的意思，此事打算怎么做呢？"柳洪说："我也没什么主意，不过是想把这婚退了，再找个财主女婿，省得女儿过去受罪，也免得我将来受累。"冯氏见柳洪这样说，便说："员外既然有了想法，不如暂且把那颜生留在幽斋冷落几天。我保管不出十日,让他自己退婚。"柳洪听了大喜说:"夫人若能这样,真是去了我一块心病了。"谁知隔窗有耳,两个人在屋子里说的话被窗外一个人听去了。原来这人是小姐的奶妈田氏,田氏听说老爷不想把小姐嫁给姑爷便急急忙忙跑到后楼,把听到的话都告诉了小姐。田氏说:"小姐,这可是关系到你的终身大事啊。不要拘泥于俗礼了,赶紧想办法帮助姑爷才好。"小姐是个没主意的人,听了这话早就慌了:"要是我娘活着就好了,现在谁能给我出主意啊。"田氏说:"我倒有个主意,他们商量在十日内把姑爷赶走,我们可要赶在他们的前面。小姐写封信,让丫鬟绣红给姑爷送去,约他晚上在书房相会,将事情的原委告诉他。小姐再把平日攒的钱给他,叫他再找个地方住。等到科考后功成名就再来提亲,员外再没有不答应的道理了。"小姐听了十分害怕,田氏与绣红开导了半天才答应了。

　　第二天,冯氏的侄子冯君衡来柳家作客,刚进门内就看见院内拴着一匹马,问:"这马是谁的呀?"家人说:"是武进县的颜姑爷骑来的。"不听这话还好,一听这话冯生吓了一跳。原来这冯君衡早就看上了金蝉小姐,有事没事总是来串门,无奈自己长得难看,而且没什么学问,所以柳洪一直没有答应将女儿许配给他。但是这冯君衡总是不死心,今日听说是姑爷来了,当然六神无主了。暗想:这件事可怎么好,他要是来了,我不是就没戏了吗?还是听听员外怎么说。想着来到了柳洪的房里,见柳洪在那里唉声叹气,便问:"姑父为何如此愁闷啊?"这柳洪没当他是外人,便把自己的烦恼都说了,冯君衡一听喜出望外,想那颜生只是个穷书生,还敢来娶亲。我倒要看看他是什么样的人,趁机当面嘲笑他,也出出胸中的恶气。想罢,对柳洪说:"小侄想见见他,考考他的学问,您看怎么样?"柳洪无奈,只得将他带到了幽斋。冯君衡本想奚落奚落颜生,没想到见面才发现他不仅穿着得体,而且相貌英俊,谈吐风雅,不知比自己强了多少倍,便有些局促不安了,连一句正话也说不出来。柳洪在旁边看着,也觉得二人有天壤之别,暗想:这颜生要论才貌倒是配得上我的女儿,可惜他家太穷了。又看冯君衡耸肩缩背,挤眉弄眼,自己也有点不好意思,便搭讪道:"你们在这说话吧,我要去处理我的事情了。"说罢,就走开了。冯君衡见柳洪去后更没话说了,抓耳挠腮,险些儿没急出毛病来。略坐一会便回书房去了。一进门来,自己便对穿衣镜一照,叫道:"冯君衡呀,冯君衡!你瞧瞧人家是怎么长来着,你是怎么长来着。我也不怨别的,怨只怨我那爹娘,既要好儿子,为何不下点功夫呢?——教导教导,调理调理,也不至于见了人说不出话来。"自己怨恨一番,忽又想道:颜生也是一个人,我也是一个人,我又何必怕他呢?这不是我自损志气么?明日倒要仗着胆子与他较量较量,看看能怎么样?

　　第二天吃完了早饭,冯君衡犹疑了半天,终于发了一个狠儿,便上幽斋而来。见了颜生,彼此坐了。冯君衡便问道:"请问你老高寿?"颜生道:"廿有二岁。"冯君衡听了不明白,便"廿"呀"廿"的尽念。颜生便在桌上写出来。冯君衡见了,道:"哦!敢情是单写的二十呀。若是这么说,我敢则是廿了。"颜生道:"冯兄尊齿二十了么?"冯君衡道:"我的牙加上槽牙一共是二十八个,我的岁数却是二十。"颜生笑道:"尊齿便是岁数的意思。"冯君衡知是自己应答错了,便道:"颜大哥,我是个粗人,你和我别总拽文。"颜生又问道:"冯兄在家作何功课?"冯君衡却明白"功课"二字,便道:"我家也有个先生,可不是瞎子,也是眇眼儿先生。他教给我作什么诗,五个字一句,说四句是一首,还有什么韵不韵的。我哪里弄的上来呢。后来作惯了,觉得顺溜了,就只能作半截儿,任凭怎么使劲儿,再也作不下去了。有一回,先生出了个'鹅群'叫我作,我如何作得下去呢。好容易作了半截儿。……"颜生道:"可还记得吗?"冯君衡道:"记得清楚着呢,我好容易作的,焉有不记得的呢。我记得是:'远看一群鹅,见人就下河。'"颜生道:"底下呢?"冯君衡道:"说过就作半截儿,下面的就作不出了。"颜生道:"我给你续上半截,如何?"冯君衡道:"那敢情好。"颜生道:"白毛分绿水,红掌荡清波。"冯君衡道:"听起来不错。还有一回,因我们书房院子里有棵枇杷树,先生以此为题。我作的是:'有棵枇杷树,两个大槎桠。'"颜生道:"我也与你续上罢:'未结黄金果,先开白玉花。'"

冯君衡见颜生手中摇着的扇子上面有字,便说:"颜大哥,我瞧瞧扇子。"颜生递过来。他就连声夸道:"好字,好字,真写了个龙争虎斗。"又翻看那面,却是白纸,连声可惜道:"这一面为什么不画上几个人呢? 颜大哥,你瞧我的扇子,只是画了一面,那一面却没有字。求颜大哥的大笔,为我写上几个字吧。"颜生说:"我那扇子是好朋友写了送我的,现有落款为证。我的字写得难看，怎么能给你写呢。"冯君衡道："不要紧，我那扇子也是朋友送我的，如今再求颜大哥写上几个字，这扇子就齐全了。"冯君衡又道："千万求颜大哥把那面给我写了字，我先拿了颜大哥的扇子去，等写好了再来换。"颜生无奈，只好将他的扇子插入笔筒之内。冯君衡告辞回了书房，暗暗想道：颜生他两次对诗不用思索，开口就续上了。他的学问比我强多咧，而且相貌又好。他要是在这里，只怕我那表妹被他夺了去。这便如何是好呢？他思前想后，总要把颜生害了才合心意。翻来覆去一夜不曾合眼，也没有想出什么计策来。到了次日，吃毕早饭，又往花园而来。

冯君衡来到了花园，忽见迎面来了个女子。仔细看时，原来是丫鬟绣红，便问道："你到花园来做什么？"绣红说："小姐派我来掐花儿。"冯君衡问："那你掐的花儿在哪里？"绣红说："我到那边看了花儿，还没有开呢，因此空手回来。你查问我做什么？这是柳家花园，又不是你冯家的花园，用你多管闲事！"说罢，扬长而去。气得冯君衡直瞪瞪的一双贼眼，再也对答不出来。心中便有些疑惑，急忙奔至幽斋。偏偏雨墨又出去烹茶去了，冯君衡见颜生拿个字帖儿，正要开看。猛抬头见了冯君衡，连忙让座，顺手将字帖儿掖在书内，彼此闲谈。冯君衡道："颜大哥可有什么浅近的诗书借给我看看呢？"颜生听了便站起身来，到书架旁边找书去了。冯君衡见到刚才掖在书内的字帖儿露着个纸角儿，他便轻轻抽出，暗暗地藏在了袖子里。颜生找了书来，冯君衡急忙接过告辞了。回到了书房，冯君衡把书放下，从袖子里拿出字条一看，吓得惊疑不止，暗道：这还了得！险些坏了大事。原来这字条就是奶妈田氏和小姐商议的事情，字条上写着：今晚二更天在角门相会，有银两相赠。冯君衡心想：幸亏我得了这字条，要是今晚他们相会了，小姐一定以身相许，我不就没有机会了。如今字条落在我的手上，大约颜生怕我识破，绝对不敢去赴约。我何不假冒颜生与小姐相会。越想此计越妙，不由得满心欢喜，恨不得立刻就到二更。

好不容易等到了二更天，冯君衡来到了角门。此时，天色已经黑了，不一会儿对面走来一个人，冯君衡以为是小姐，一下子扑上前去，来到跟前才发现不是小姐而是丫鬟绣红。此时绣红也发现来的不是颜生，吓得问道："你是谁？"忽然见对面的人要动手，绣红见情况不妙，大嚷："有贼！"冯君衡着急伸手就去捂绣红的嘴，丫鬟本来就柔弱，经不起这一下，"扑通"摔倒在地，冯生也倒在丫鬟的身上，用手在绣红的喉咙处一挤，等到站起来的时候，丫鬟竟然气绝身亡了，包袱银子散落在地上。冯生见出了人命，吓得提起了包袱，捡起银子跑了，将颜生的扇子和小姐的字条留在了地上。

小姐与田氏在楼上提心吊胆，等了半天绣红还不回来，十分着急，田氏便要到角门去看看。谁知此时巡更的人见丫鬟倒毙在角门之外，早已禀告员外了。田氏听了魂飞天外，赶紧回到绣房给小姐报信。只见灯笼火把，仆妇丫鬟同员外和冯氏奔内角门而来。柳洪将灯一照，果是小绣红，见她旁边撂着一把扇子，又见那边地上有个字帖儿。连忙捡起来，打开扇子一看是颜生的，心中已经不高兴；又将字条打开一看,顿时气冲牛斗,什么话也不说,直奔小姐的绣阁。冯氏不知是什么缘故,只能跟在后面。柳洪见了小姐大声说:"看你干得好事!"将字条就当面掷去。小姐此时已知绣红已死,又见爹爹这个样子,真是万箭穿心。一时难以分辨,唯有痛哭而已。亏得冯氏赶到,见这个样子,忙把字条拾起看了一遍,说道:"原来是为了这件事,员外你好糊涂。你怎么知道不是绣红那丫头干的呢? 她的笔迹原是与女儿一样的,你为什么不分青红皂白,就埋怨女儿来呢? ——只是这颜姑爷既已得了财物,为何又将丫鬟掐死呢? 不知是什么意思?"一句话提醒了柳洪,便把愁恨都撒在颜生身上,连忙写一张呈子说:"颜生无故杀害丫鬟",并不提私赠银两之事,唯恐与自己名声不好听。可怜颜生在睡梦中还不知道大祸临头。柳洪等到县尹来验尸了,绣红确实是被人掐死,并没有别的伤。柳洪一口咬定是颜生害的,要颜生抵命。

县尹回到了衙门立刻升堂,将颜生带上堂来。仔细一看却是个懦弱书生,不像杀人的凶手,便有怜惜他的意思。问道:"颜查散,你为何谋害绣红? 从实招来。"颜生禀道:"只因绣红素来不服我,总是和我作对。昨天又因为他口出不逊,一时气愤难当,将她赶到后角门。不想刚掐到脖子,她就倒毙而亡。望祈老父母早早定案,犯人再也无怨的了。"说罢,向上叩头。县宰见他满口应承,毫无推诿,而且甘愿认罪,绝无异词,不由心下为难。暗暗思忖道:"此人绝非行凶作恶之人,难道他有疯癫不成? 或者其中另有隐情,不能吐露,他情愿就死,亦未可知。此事本县倒要细细访查,再行定案。"想罢,吩咐将颜生带下去寄监。

你说颜生为什么甘愿认罪?因为他感激小姐的一番好心,不料自己粗心失去字帖儿,导致绣红遭此惨祸,已经是对不起小姐了;若再当堂和盘托出,岂不败坏了小姐名节?不如自己承认,省得小姐出头露面,有伤闺门的风范,这就是颜生的想法。自从颜查散被人拿去之后,雨墨便暗暗揣了银两到县衙打听,听说相公满口应承当堂全认了,吓得胆裂魂飞,泪流满面。后来见颜生入监,他便苦苦哀求牢头让他在内服侍相公。雨墨又将银子交给了牢头,嘱托多多照顾颜生。牢头见了白花花一包银子,满心欢喜,满口应承。雨墨见了颜生,又是痛哭,又是抱怨说:"相公不该承认了此事。"见颜生微微含笑,毫不介意,雨墨也不知道是怎么回事。

此时柳洪知道颜生当堂招认了,满心欢喜,仿佛去了一场大病。苦只苦了金蝉小姐,听说颜生承认了,便知道他凶多吉少。仔细想来:全是自己将他害了。他既然活不了了,我怎么能一个人活着?不如以死相报。于是小姐把奶妈支出去烹茶,自己上吊身亡了。等到奶妈端了茶来,见门户关闭就知不好,高声呼唤也不见有人答应。再从门缝看时,见小姐高高地悬起,只吓得她骨软筋酥,踉踉跄跄地跑到前面告诉员外。柳洪听了这话,什么都顾不得了,便带领家人奔到楼上,把门打开,上前便把小姐抱了下来,家人忙上前解了罗帕。此时冯氏也赶到了,夫妻二人以为还可以解救,谁知香魂已缈,不由得痛哭起来。更夹着冯氏数数落落,一边哭小姐,一边骂柳洪道:"都是你这老乌龟,老杀才!不分青红皂白,生生儿的要了你女儿的命了!那一个刚送官,这一个就上了吊了。这个名声传扬出去才好听呢!"柳洪听了这话猛然把泪收住说:"幸亏你提醒我,你看这件事该怎么办才好?"冯氏说:"还能有别的什么主意吗?只好说小姐得了个暴病,先让人悄悄抬个棺材来,算是预备后事,顺便给小姐冲冲喜。暗地里把小姐盛殓了,放在花园敞厅上。等过了三、五日便说小姐因病身亡,也就遮了外面的耳目,省得人家谈论了。"柳洪听了,也想不出别的好主意,只好依计而行,嘱咐家人抬棺材:"倘有人问,就说小姐得了重病,为的是冲冲喜。"家人领命,去不多时便将棺材抬来了。此时冯氏与奶妈已将小姐穿戴齐备,所有小姐素日爱戴的簪环首饰好衣服俱各盛殓了,便叫家人等悄悄地抬到花园敞厅停放。员外又不敢放声大哭,只有呜呜悲泣而已。停放已毕,唯恐有人看见,便将花园门倒锁起来。所有家人每人赏了四两银子,省得他们到处乱说。

谁知家仆中有一人姓牛,名叫驴子。这日牛驴子拿了四两银子回来,马氏问:"此银从何而来?"驴子便将事情的原委说了一遍,说:"这四两银子便是员外赏的,叫我们不可声张。"说完了又说小姐盛殓的东西实在是不少,又是凤头钗,又是珍珠花、翡翠环的。马氏听了说:"可惜了这些好东西!你就是没有胆子,要是有,就晚上去把这些东西弄来。"驴子听了也是早有这个打算。吃完了晚饭,驴子在院内找了一把板斧掖在腰间。等到夜深,他直奔花园后门,拣了个地势高耸之处,扳住墙头上去,跳进了后园,直奔敞厅而来。来到了棺材旁边，牛驴子想起小姐死时候的样子，不禁有点害怕，壮着胆子才将棺材打开。刚要动手拿东西，忽听"哎哟"一声，只见小姐挣扎着坐了起来。驴子吓得说不出话来了，定了定神：这小姐是还魂了，意识还不清，此时不动手更待何时。想罢，伸出手去掐住了小姐的脖子就要行凶。这时，从假山石后出现一个夜行人，直奔驴子而来，上来就是一脚，把他踹倒在地，把刀押在驴子的脖子上低声说道："你是谁，为何要杀人？"驴子不敢不说，便把事情的经过说了一遍，嘴里不停地求饶。那人说："你贪财本不该死，但是后来起了歹心竟要杀人，真是可杀而不可留。"说完手起刀落，驴子一命呜呼了。你道此人是谁，他便是改名金懋叔的白玉堂，自从和颜查散分开后，他一直惦记着这件事，他打听到柳洪是个嫌贫爱富的人，担心颜查散吃亏，便一路跟着来，没想到颜查散竟然遭了官司。如今知道了这个消息，白玉堂便要想办法解救义兄。此时白玉堂杀了驴子，高喊一声："你们小姐还魂了，快来救人啊！"说罢，飞身上房离开了柳家。家人们听见半夜有人在呼喊，都出来看，只见小姐坐在棺材里，旁边竟然有具尸体，连忙向员外禀告。柳洪听了大吃一惊，害怕受连累，赶紧报官了。

且说颜查散被关在牢里，多亏了有雨墨照顾，但是官司没结，一直心神不宁。这天监狱牢头说："颜查散，有个人要见你。"说着带进来个人，头戴武生巾，足蹬官鞋，一番英雄气概。雨墨看了觉得面熟，却不敢认。只听那武生说："雨墨，好孩子，这真是难为你了。"此时雨墨才认出是白相公，连忙拜见。白玉堂将雨墨扶起来问："你家公子在哪里?"雨墨将他带到了颜生的牢房,白玉堂看见颜生蓬头垢面,面容憔悴,关切地问:"仁兄,你受苦了。"颜查散见白玉堂来看自己,丝毫没有露出难过的表情,却十分惭愧地问:"我真是惭愧啊,贤弟你到这做什么?"白玉堂说:"我得知仁兄遭此灾祸,不知道这到底是怎么回事,难道人真是你杀的吗?"颜生说:"人不是我杀的。但为了保全小姐的名节,我愿意以死了结此事,你也不用为我申冤了。"白玉堂见颜查散下定决心,也不和他争执,而是另想办法。他将雨墨叫到外面说:"你家相公这么固执,看来只有你可以帮助他洗刷冤屈了。"雨墨说:"难道相公让我为我家相公申冤?"白玉堂见雨墨说出了自己的心事,心想这孩子真是聪明,便说:"是这样的,你明天到开封府,把你家相公无故受冤的事情说一遍,包大人定会还你家公子的清白。"雨墨连连称"是",直奔开封府。

再说包大人这日上完朝回府,正在路上走着,忽听轿子外面有人喊冤。王朝回禀:"大人,是个小孩子申冤。"包大人说:"将他带到公堂之上。"到了公堂,包大人升堂让人把这个小孩子带上来,这个小孩就是雨墨。雨墨虽然年纪不大,但很有胆识,到了公堂之上丝毫没有畏惧。包公问:"那小孩,你叫什么名字? 为什么喊冤啊?"雨墨将事情的来龙去脉说了一遍,"请大人为我家公子洗刷冤屈!"包公问:"你可知小姐的屋里除了绣红丫鬟外,还有什么其他人吗?"雨墨说:"还有一个奶妈,叫田氏,她人很好,经常照顾我们。有一次,她对我们说要小心,恐有不测之事。没想到,不久真的出了事。"包公想：莫非这田氏知道什么。便吩咐下去："分别带田氏和柳洪来这里。"包公暂且退堂用饭，只听差役禀告："柳洪到案。"包公吩咐："伺候升堂。"将柳洪带上堂来，问道："颜查散是你什么人？"柳洪道："是小老儿内侄。"包公道："他来此做什么来了？"柳洪道："他在小老儿家读书，为的是明年科考。"包公道："听说你女儿与他自幼订婚，可有此事？"柳洪暗暗地纳闷：怨不得人家说包公料事如神。我家里事他如何知道的呢？只得说："是从小定下的婚姻。他来此一则为读书预备科考，二则为完婚。"包公道："你可曾将他留下？"柳洪道："留他在小老儿家居住。"包公道："你家丫鬟绣红是服侍你女儿的吗？"柳洪道："是从小跟随小女儿，极其聪明，又会写，又会算，真是死得可惜。"包公道："为何死的？"柳洪道："就是被颜查散掐死的。"包公道："什么时候死的？死于何处？"柳洪道："我知道的时候是二更天，是死在内角门外。"包公听罢将惊堂木一拍："满口胡说！方才你说知道的时候已经二更天，自然是你的家人报与你知道的。你并未亲眼看见是谁掐死的绣红，如何就说是颜查散相害？这明明是你嫌贫爱富，将丫鬟掐死，有意诬赖颜生。你还敢在本阁跟前撒谎吗？"柳洪见包公动怒，连忙叩头道："相爷请息怒，容小老儿细细地说。丫鬟被人掐死，小老儿原也不知是谁掐死的。只因死尸之旁落下一把扇子，却是颜生的名款；因此才知道是颜生所害。"包公听了，思想了半晌："如此看来定是颜生做的了。"又见差役回道："田氏传到。"包公叫把柳洪带下去，将田氏带上堂来。田氏吓得魂不附体，浑身抖衣而战。包公问道："你就是柳金蝉的乳母？"田氏道："婆……婆子便是。"包公道："丫鬟绣红为何而死的？从实说来。"田氏到了此时，哪敢撒谎，便把如何听见员外与夫人私语要害颜生，自己如何与小姐商议要救颜生，如何叫绣红私赠颜生银两等话说了。"谁知颜姑爷得了财物，不知何故，竟将绣红掐死了。偏偏的又落下一把扇子，连那个字帖儿。我家员外见了，气得了不得，就把颜姑爷送了县衙去了。谁知我家的小姐就上了吊了。……"包公听至此，不觉愕然，道："怎么柳金蝉自尽了吗？"田氏道："死了之后又活了。"包公又问道："如何又会活了呢？"田氏道："我家员外说颜姑爷是头一天进了监，第二天姑娘就吊死了——况且又是未过门的。这要是吵嚷出去，这个名声儿不好听的。因此就说是小姐病得要死，买口棺材来冲一冲，却悄悄把小姐装殓了，停放在后花园敞厅上。谁知半夜里有人嚷说：'你们小姐活了，还了魂了。'大家伙儿听见了过去一看，谁说不是活了呢。棺材盖也横过来了，小姐在棺材里坐着呢。"包公道："棺材盖如何会横过来呢？"田氏道："听说是宅内的下人牛驴子偷偷儿盗尸去。他见小姐活了，不知怎么回事他又抹了脖子了。"

包公听毕，暗暗想道：可恨颜生既得财物，又将绣红掐死。便叫："带雨墨。"左右将雨墨带上堂来。包公把惊堂木一拍道："好狗才！你小小年纪，竟敢大胆蒙混本阁，该当何罪？"雨墨见包公动怒，向上叩头道："小人句句是实话，怎敢蒙混相爷。"包公一声断喝："你这狗才，就该掌嘴！你说你主人并未离了书房，他的扇子如何又在内角门外呢？讲！"雨墨说："大人，是这样的，这扇子是我家公子的，但是被柳洪的侄子冯君衡拿去了。那天他让我家相公为他的扇子题字，便把自己的扇子留在我家相公的笔筒里了。小人不敢撒谎。"包公闻听，把冯君衡捉拿到堂，问道："冯君衡你快将所做之事从实招来！"左右连声高喊："讲！讲！讲！"冯君衡说："我没有什么可招的。"包公道："请大刑。"将惊堂木一拍，冯君衡害怕，只得说了实话。包公让他画了押，立刻请御刑，王马张赵将狗头铡抬来，将他斩了。直吓得柳洪田氏以及颜生主仆不敢仰视。

堂上忽听包公道："带柳洪。"这一声把柳洪吓得胆裂魂飞，筋酥骨软，好容易挣扎爬至公堂之上。包公道："颜生受害，金蝉悬梁，绣红遭害，驴子被杀，以及冯君衡遭刑，全由你嫌贫爱富而起。今将你废于铡下，大概不委屈你罢？"柳洪听了叩头碰地道："望相爷开天地之恩，饶恕小老儿，改过自新。"包公道："你既知要赎罪，听本阁吩咐。今将颜生交给你照顾，就在你家读书，所有一切费用都由你负责。等到明年科考之后，不管中不中都要为他们完婚。你敢应么？"柳洪道："小老儿愿意。"包公又对颜查散说："你读书要明大义，从今后要刻苦研读。你这书童对你忠心不二，你要好心对待他。"颜查散叩头说："谨遵大人之命。"便同姑父回到家中，此案了结。

要知后事如何，且看下回分解。

君衡伏法查散洗冤

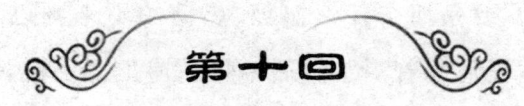

第十回
花神庙卢方救难女
金殿试艺三鼠封官

且说上回包大人了结了颜查散一案，刚回到书房，包兴进来禀报："展大侠回来了，要求见相爷。"包公听了说："快请。"展昭进来拜见了包大人，将自己结识双侠兄弟的事情说了一遍，又提到陷空岛的五鼠之一锦毛鼠白玉堂到京城来找自己较量，怕他来惹事，因此匆匆赶回来保护大人。包公听了眉头一皱说："要是真有这事，你可要小心了。"展昭说："大人放心，我会加倍小心的。"

展昭又和公孙策以及张龙、赵虎、王朝、马汉等人见了面，大家一起谈话聊天，展昭说："我与白玉堂没有冤仇，他为什么来找我斗气？"公孙策说："大哥你想想，你绰号是'御猫'，他们的绰号是'五鼠'，哪有猫不捉老鼠的道理呢？他是怪你取了这个绰号，所以来找你斗气的。"展昭说："贤弟所说有道理，但这绰号是皇上所赐，并不是我愿意的，也不该怪到我的头上，大不了我不用这个绰号就是了。"别人听了都没说话，只有赵虎听了有些不服气，说道："大哥，你平时不是很有胆量的吗？怎么今日这么胆小？这'御猫'是皇上赐的，怎么能随便改？要是那个什么白糖、黑糖的不来则已，来了我烧一壶开水，把他冲着喝了。"展昭听了连忙摆手说："四弟小点声吧，难道不知道窗外有耳吗？"话音刚落，只听"啪"的一声，从外面飞进一物，不偏不倚正好打在赵虎的酒杯上，酒杯打得粉碎。赵虎和众人都吓了一跳，连忙跑到外面观看，只见房上有一黑影"嗖"的一声飞过，很快就消失在夜幕中了。身手敏捷，众人无不惊讶。展昭看的不清，但觉得这身影很像在苗家集遇到的那人，是不是就是白玉堂呢？被这一闹，大家的兴致也都没了，各自回到屋中休息。

再说那陷空岛剩下的四位英雄见到五弟白玉堂去京城，已经两个来月了音信全无，都很挂念。大爷钻天鼠卢方每天都唉声叹气，坐立不安。这一天，兄弟四人在客厅里聊天。卢方说："自从我们兄弟结拜以来，朝夕相聚，何等快乐。偏偏五弟这人年轻气盛，非要和这'御猫'较量。至今去了两个多月了还没回来，叫人真是放心不下。"四爷蒋平说："五弟未免过于傲气了，而且不服人。我只是略说了他几句，他差点就和我翻脸。我看他早晚要在这上面栽跟头。"徐庆说："你也不要说这话，那天要不是你说他，他怎么会赌气走了，都怪你多嘴。"卢方见了，生怕两个人再因为这件事打起来，连忙说："事已至此，不要再追究责任了。我想去京城找五弟，不知各位贤弟意下如何？"蒋平说："此事不用大哥前往，不如小弟去吧。"韩彰说："四弟是不能去的。"蒋平问："为什么？"韩彰说："五弟这次去一定要和展昭分个高下，倘若占了上风还行，要是吃亏了，想起你说的话，还肯回来吗？"徐庆说："那我去吧。"卢方没有说话,因为他知道徐庆是个鲁莽的人,他去不但不能把人找回来,反而可能惹事。韩彰见卢方不说话,也明白了他的想法,于是说:"不如我和三弟一起去吧。"卢方听了才说:"要是二弟同去,我就放心多了。"蒋平说:"此事因我而起,如何叫二位哥哥受苦,我也要同去。"卢方说:"那好吧,明日就给三位贤弟饯行。"第二天卢方设宴给三位饯行,并嘱咐了一定要把白玉堂找到。送走了兄弟,大爷卢方每日在家都是望眼欲穿,希望他们早点回来。转眼间,又过去了几个月,自从初冬走的,现在已经过了正月,众位兄弟还没有回来。这卢方可着了急,再也坐不住了,自己也来到了京城寻找兄弟们。

且说开封府的人也一直在寻访白玉堂的下落,这一日王朝和马汉商议:"咱们天天出去访查,大家都知道咱们的身份。不如这次咱们悄悄出城,贤弟以为如何?"马汉说:"出城虽好,但不知往何处去呢?"王朝道:"咱们信步而去,自然到热闹的地方查访,难道去没人的地方吗?"于是两个人脱去校尉的衣服,各穿便衣,离了衙门往城外而来。边走边欣赏路边的景色,见有许多人带着香袋,拿着花不知道是干什么去的,便找了个人问,原来是花神庙开庙,大家都去赶庙会的。二人也很高兴,随着众人来到花神庙,东瞧西看,见到后面有块空地十分开阔,搭着个很大的芦棚,里面摆着兵器架子。对面有一个棚子,里面坐着许多人。有个公子,穿着与普通人不一样,年纪约有三十来岁,一副旁若无人的样子。王朝和马汉见了暗暗打听:原来这人叫严奇,是已故的威烈侯葛登云的外甥,极其强梁霸道,无恶不作。只因他爱眠花宿柳,自己起了个外号,叫"花花太岁"。又害怕有人欺负他,便用钱请了很多的打手,自己也跟着学了些,以为天下无敌。趁着这庙会,他在庙后搭一芦棚,比试棒棍拳脚。谁知一连设了几日,并无人敢上前比试。他更心高气傲,自以为没有对手。二人正观望,只见外面几个恶奴推推拥拥进来一人,原来是一个女子,哭哭啼啼,被众人簇拥着过了芦棚,进了后面敞厅去了。王马二人纳闷,不知道是怎么回事。忽又听外面进来一个婆子,嚷道:"你们这伙强盗!青天白日就敢抢良家女子,是何道理?你们若将她好好还我便罢,你们若要不放,我这老命就和你们拼了。"众恶奴一面拦挡,一面吆喝。忽见从棚内又出来两个恶奴说:"方才公子说了,这女子本是府中丫鬟,想私自逃走,一直没有找到,并且拐了好些东西。今日既然遇见,把她捉住,还要追问拐的东西呢。你这老婆子趁早儿走吧。倘若不依,公子说把你送县衙。"婆子闻听,只急得号啕痛哭,又被众恶奴往外面拖拽。

王朝见这情形,便给马汉使眼色。马汉会意,也跟下去打听底细,二人随后也跟着这群恶奴出来。刚走到二层殿的夹道,只见外面进来一人,迎头拦住道:"有话好说。青天白日的,你们这是干什么?"声音十分洪亮。只见这人身材高大,紫微微一张面皮,黑漆漆满面髭须,又是军官打扮,更显得威严壮健。王马二人见了禁不住暗暗喝彩称羡。恶奴见有个人拦阻便说:"朋友,这个事你别管,别自讨没趣儿。"那军官听了冷笑道:"天下人管天下事,哪有不管的道理？你们不对我说，何不对着众人说说？你们若不肯说，为什么不敢叫那妈妈自己说呢？"众恶奴闻听道："伙计，你们听见了。看来这闲事他是管定了。"忽听婆子喊道："军官爷爷，快救婆子性命呀！"旁边恶奴顺手就要打那婆子。只见那军官把手一隔，恶奴便倒退了好几步，龇牙咧嘴把胳膊乱摔。王马二人见了暗暗欢喜。又听军官说："婆婆不必害怕，慢慢讲来。"那婆子哭着道："我姓王，这女孩是我街坊。因她母亲病了，许在花神庙烧香。如今她母亲虽然好了，但是还没有复原，因此求我带了她来还愿，不想竟被他们抢去，求军官爷爷搭救搭救。"说罢，痛哭不止。只见那军官听了，把眉头一皱道："妈妈不必啼哭，我一定帮你讨个公道就是了。"谁知众恶奴方才见那人把手略略一隔，他们就龇牙咧嘴，便知道这军官手头儿沉。害怕地一个个溜了，来到后面一五一十地告诉花花太岁。这严奇一听气冲牛斗，心想：今日若不显显本领，以后别人怎肯甘心佩服呢。便一声吆喝："引路！"众恶奴狐假虎威来至前面，嚷道："公子来了。公子来了。"众人见严奇来到，一个个俱替军官担心，以为太岁不是好惹的。

此时王马二人看得明白，见恶霸前来就知道必有一番较量，唯恐军官寡不敌众。若到为难之时，想助他一臂之力。那军官早已看见严奇出来，撇了婆子迎了上去。众恶奴指手画脚道："就是他。就是他。"严奇一看，不由得暗暗吃惊道：好大身量！我别不是他的对手罢。便发话说："你这人好生无礼，谁叫你多管闲事？"只见那军官抱拳赔笑道："不是在下多管闲事,只因那婆子哭得可怜。恻隐之心人皆有之,希望公子高抬贵手,放她们去吧。"说完,鞠了一躬。严奇要是识相的就依了此人,从此做个朋友,只怕还有个好处。谁知这恶贼见军官谦恭和蔼,又是外乡之人,以为可以欺负,竟敢拿鸡蛋往鹅卵石上碰,顿时把眼一翻道:"好狗才,谁许你多管闲事!"冷不防,"嗖"的就是一脚,迎面踢来。这恶贼原想着是个暗算。趁着军官作揖的时候不能防备,这一脚肯定踢得他鼻青脸肿。只见那军官不慌不忙,瞧着脚临近,略一扬手,在脚面上一拂,口中说道:"公子休得无礼。"此话未完,只见公子"哎呀"一声,半天挣扎不起。众恶奴一见便嚷道:"你这厮竟敢动手!"一拥而上,以为人多能打倒大汉。谁知那人只用手往左右一分,一个个便东倒西歪,哪个还敢上前。忽听那边有人喊了一声:"闪开!俺来也。"手中木棍高扬,就照军官劈面打来。军官见来势凶猛,顺势往旁边一跨。不想严奇刚刚站起,不偏不倚正打在他脑袋上,打了个脑浆迸裂。众恶奴见了都吓坏了,喊道:"了不得了!公子被军汉打死了!快拿呀,快拿呀!"早有保甲地方和本县官役得知了这事,一齐将军官围住。只听那军官道:"众位不必动手,俺随你们到县衙就是了。"众人齐说道:"好朋友,好朋友!敢作敢当,这才是汉子呢。"忽见那边走过两个人来说:"众位,事要公平。方才原是他用棍打人,误打在公子头上。难道他不随着打官司吗?"众人听了说:"讲得有理。"就要拿那使棍之人,那人将眼一瞪道:"俺史丹不是好惹的!你们谁敢前来!"众人吓得往后倒退,只见那两个人中有一人道:"你别说是史丹,就是屁蛋,也要推你一推。"说时迟,那时快,顺手一掠,将那榀也就逼住。拢过来往怀里一带,又往外一推,真成了屁蛋咧。那人上前按住,对保甲道:"将他锁了。"你道这二人是谁?原来是王朝马汉。又听军官道:"俺遭此难都为了救那女子,如今这事还没办完我就要被带走了,这便如何是好?"王马二人听了满口应承:"此事全在我二人身上。朋友,你只管放心。"军官道:"既如此,就仰仗二位了。"说罢,随众人赴县衙去了。这里王马二人带领婆子到后面,此时众恶奴见公子已死也就一哄而散,谁也不敢出头。王马二人一直进了敞厅,将女子领出交付婆子,护送出庙,问明了住处姓名,才叫她们去了。二人不辞辛苦,直奔祥符县而来。到了县里,说明姓名,门上急忙回禀了县官。县官立刻请二位到书房坐了。王马二人将始末情由说了一遍。"此事皆系我二人目睹,贵县不必过堂,立刻解往开封府便是了。"县官听了便吩咐将一干人犯立刻解往开封府。

王朝和马汉二人到了开封府见了展爷、公孙先生,便将此事说明。公孙策尚未开言。展爷忙问道:"这军官是什么样子?"王马二人将脸盘儿身量儿说了一番。展爷听了大喜道:"如此说来,别是他罢?"不多时,军官和史丹都被带到在外班房等候。展爷掀起帘缝一瞧,不由得满心欢喜对王马二人悄悄道:"果然是他。妙极,妙极!"王马二人连忙问道:"此人是谁?"展爷道:"贤弟休问。等我进去呼出姓名,二位便知。二位贤弟即随我进来。劣兄给你们彼此一引见,他也不能改口了。"王马二人领命。展爷一掀帘子进来道:"小弟打量是谁？原来是卢方兄到了。久违呀，久违！"说着，王马二人进来。展爷引见道："二位贤弟不认得么？此位便是陷空岛卢家庄，号称钻天鼠卢方的卢大员外。二位贤弟快来见礼。"展爷又对卢方说："卢兄，这便是开封府四义士之中的王朝马汉两位老弟。"三个人彼此执手作揖。卢方到了此时，也不能说我是张大，不是姓卢的。人家连家乡住处俱各说明，还隐瞒什么呢？卢方问道："那阁下是？"展昭说："在下展昭，因为在丁兆兰兄弟家曾听过他们说起过仁兄的长相，才猜出来的。没想到今日与仁兄相会，真是三生有幸。"卢方听了才知道这人原来就是展昭，看他为人和蔼，态度谦和，丝毫没有瞧不起人的样子，心中十分钦佩。

众人进屋谈话，卢方提起了花神庙的事情，王朝和马汉说："你不用担心，我们都是证人，会在包大人面前说明真相。"此时包大人要过堂了，卢方来到堂上跪倒在地。包公说："卢义士，有话站起来慢慢讲。"卢方哪里敢站起来，只是说："罪民怎么敢起来，希望相爷秉公判断。"包公听了这话更觉得卢方是个好汉，心里十分佩服，说道："卢义士，花神庙的事情我都已经知道了。你乃是行侠仗义，扶危济弱，至于打死人的是史丹，你并没有什么过错。我现在就判你无罪，当堂释放，只是我还有别的事情问你。"卢方听了十分感激，说道："相爷明察秋毫，不知道相爷想问什么事情？"包公说："卢义士这次为何来到京城呢？"卢方说："罪民是为了寻找盟弟白玉堂而来的。"包公问："那是你一人，还是有其他人跟随？"卢方说："去年初冬的时候，罪民的三个盟弟已经来到了京城。但至今音信全无，我十分担心才来的。"包公听了卢方的话，知道是个忠厚老实的人，说道："原来众位义士都来了，那你愿意替我找到他们吗?"卢方听了说："罪民理应帮忙寻找。"包公十分高兴，便让展昭和公孙策等人招待卢方，一同帮助他寻找。展昭等人领命而去，摆酒宴为卢方压惊。卢方是个豪爽的人，答应了为包大人找人，酒也不肯多喝便和众人告别了。展昭等人送走了卢方，都说其为人忠厚老实。公孙策说："卢方虽然诚实，唯恐别人不像他这样。刚才听卢方说其他三个人已经到了京城，想来也在暗中探访。今日花神庙之事恐怕他们也已经知道了，他们不知道相爷将卢方放了，说不定今晚会到开封府找人，我们得严加防范才行。"众人听了，都觉得说得有理。

　　单说卢方离了开封府，找不到自己的仆人，也没有地方住，正在街上走着。忽然对面走来一人叫道："员外!"卢方一看，原来是自己的仆人。仆人得知主人被捉到开封府便急急忙忙地进了城，找了个店把行李放好，马上来找卢方，没想到在路上碰到。卢方也将自己如何被放的事情说了一遍。仆人说："小人还有一事禀告员外，就是刚才我找住的地方时碰到了二爷的人。小人便问众位员外在哪里居住?他告诉小人，说是在庞太师花园里的文光楼。"卢方听了大喜，没想到这么快就知道了各位兄弟的住处，吃了饭便立刻赶往文光楼。此时，天已经很晚了。卢方找到了文光楼，施展飞檐走壁的本领上了楼，恰巧看见白玉堂正在这里。卢方喜出望外问道："为兄找得你好苦，你那三位兄长到哪里去了?"白玉堂说:"他们听说大哥遭了官司,此时到开封府去解救大哥了,不想大哥被放出来了。"卢方听了这话大吃一惊,心想这下可坏了,他们到了开封府会不会惹出什么大祸来啊?因此坐立不安。再说三位英雄为何去了这么久?原来三人到了开封府,见防范很严便越墙从房上而入。此时展昭正在巡夜,看见墙上人影晃动说声"不好",伸手从囊中掏出袖箭,一箭打了过去。那个人站立不稳,从房上跌落下来。此时众人都已经赶到,把这人绑住带到包大人屋内。包公问道:"你是何人?为何深夜到这里?"那人说:"俺乃穿山鼠徐庆,特为救大哥卢方而来。"包大人听罢非但不生气,反而命人松绑说:"原来是三义士到此,你大哥卢方已经无罪释放,去找你们了。"徐庆听了也不致谢,一屁股坐在地上,将左脚一伸,顺手将袖箭拔出问:"是谁的暗器?拿了去。"展昭接了过去。徐庆站起来就走,包公说:"三义士留步,天这么晚了,不如等天亮再去找你大哥吧。"正说话时有人进来禀告:"卢方求见。"原来卢方在文光楼一直等到三更天,见韩彰和蒋平回来,却没看见徐庆。韩彰和蒋平见到大哥回来了很惊讶,卢方将事情的经过说了一遍,说展昭和包公是礼贤下士的好人,都是白玉堂才惹出这么多的事情,又说已经答应包大人将五弟带到开封府。白玉堂听了大怒,一气之下走了,韩彰也不愿意,追着白玉堂离开了文光楼,只剩下蒋平愿意同卢方到开封府。且说包大人听说卢方求见,忙说:"请!"卢方和蒋平进来参见,卢方说:"请大人饶恕我们兄弟擅自闯入开封府之罪，我现在带着两个兄弟前来请罪。"蒋平也跪在一旁，徐庆见此情景也跪倒。包公见了连忙说："卢义士，他们为了救你义气可嘉，本阁不怪罪就是。"见到下面跪着的人骨瘦如柴，好像个生病的人，便问："此是何人？"卢方回禀了，包公说："好，又来了一位义士。我打算在天子面前保荐你们，你们可愿意为国效力？"三人一听自然愿意，都叩头谢恩了。

第二天包大人上早朝，禀告皇上说自己收了三位义士，武功高强。皇上听了很高兴，命包大人明日将三人带到寿山福海献艺封官，包大人高高兴兴地回去告诉三人这个消息了。到了次日，三人来到了宫内参见皇上。皇上问了姓名家乡，接着献艺开始。第一个是大爷卢方，因他号称钻天鼠，所以表演的是爬旗杆。只见他来到旗杆之下，将衣服袖子挽了挽，蹲在夹杆石上，用手一扶旗杆，两膝一拳，只听"哧""哧""哧""哧"，犹如猿猴一般爬到了旗杆顶端，此时圣上与群臣看得明白，无不喝彩。忽又见他伸开一腿，只用一腿盘住旗杆，将身体一平，双手一伸，摆了一个顺风旗的姿势。众人看了，都替他担惊受怕。忽又用了个拨云探月架势，将左手一甩，那一条腿早离了杆。这一下把众人吓了一跳，再一看他早用左手单挽旗杆，又使了个单展翅，又博得了众人的一阵喝彩。猛见他把头一低，滴溜溜顺将下来，仿佛失手的一般。却把众人吓着了齐说："不好！"再一看时，他却从夹杆石上跳将下来，众人方才放心。

寿山福海卢方献艺

天子满心欢喜，连声称赞，真不愧为钻天鼠。接着徐庆和蒋平也施展了自己的绝技，徐庆号称穿山鼠，能在很小的洞中穿梭。蒋平号称翻江鼠，在水中能睁开眼睛看东西。二人施展绝技后仁宗大悦，立刻传旨，赏了卢方等三人六品校尉之职，都在开封供职。又传旨，务必访查白玉堂、韩彰二人，不拘时日。包公带领卢方等人谢恩，天子驾转回宫。

要知后事如何，且看下回分解。

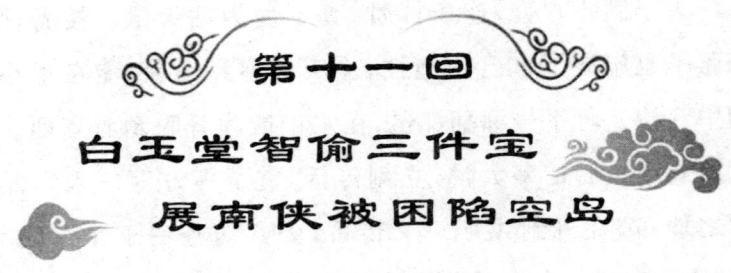

第十一回
白玉堂智偷三件宝
展南侠被困陷空岛

　　且说上回卢方、徐庆和蒋平被封为六品校尉，三人一直在找五弟白玉堂，可是却没有他的下落。

　　一天包大人正在书房读书，忽听到院子里"啪"的一声，不知道落下什么东西。包兴跑出去一看，地上有个纸包儿，上面写着"急速拆阅"四字。包兴把这东西拿给包大人过目，包公拆开一看，原来是一个字柬包着一块石子，字柬上写着一首打油诗："我今特来借三宝，暂且携回陷空岛。南侠若到卢家庄，管叫御猫跑不了。"包公看完连忙叫包兴去看三宝还在不在。这三宝是包公的重要之物，一件是古今盆，一件是古镜，还有一件是游仙枕。这时展昭来到书房，包公将字柬给他看了。展昭问道："相爷可让人去看三宝没有？"包公说："已经让包兴去看了。"展昭听了大吃一惊说："相爷中了他的'投石问路'之计了。若不让人看，那他也找不到这东西。如今派人去看，他一定在后面跟着也去了，这三宝肯定被他盗去了。"正说着，忽听外面一片喊声，有人来报说西耳房着火了。展昭赶忙赶到，听见有人嚷道："房上有人。"展昭借火光一看，果然房上站立一人，便放出一枝袖箭，只听"扑哧"一声。展昭道："不好！又中计了。"一眼瞧见包兴在那里张罗救火，急忙问道："三宝还在吗？"包兴道："方才看了，纹丝没动。"展爷道："你再看看去。"正说间，三义四勇都到了。耳房的火也已经扑灭，原来是窗户纸引着了，没有什么要紧。却见包兴慌慌张张地跑来说："不好了，三宝没了。"展昭听了飞身上房，卢方等人也来到房上。人们四下寻找，什么也没看到。展昭发现刚才被袖箭射中的原来是个皮子做的假人，三爷徐庆看了说："这不是老五的家伙吗？"蒋平暗暗捏了他一把。展昭此时也不说话了，卢方听了心里很难受，暗想：五弟做事也太不顾情面了，你盗取了三宝，让我们兄弟有什么颜面见包大人呢？

此时，包兴回禀了包公三宝已经丢失。包公叫人不要声张。卢方带着徐庆和蒋平进来领罪，包大人说："此事怪不得你们，我这三件宝现在也用不着，你们慢慢查访就好了。"三人领命回来，商量对策。卢方说："我们还是赶快找五弟吧，省得他又惹出什么事情来。"蒋平说："天下这么大，谁知道他跑到哪里去了。"展昭说："五弟回了陷空岛了。"便将字柬的事情说了一遍。展昭说："看来想要回三宝，我一定要去一趟陷空岛了。"蒋平说："你去了不妥，五弟他不是好惹的。"展昭听了有点不高兴说："难道陷空岛是龙潭虎穴不成？"蒋平说："虽然不是什么龙潭虎穴，但是五弟做事令人难测，再加上他阴毒得很。他一定在陷空岛设下埋伏，你去了定会上当的。不如我们先到陷空岛将他稳住，作为内应，你再去。"展昭听了刚要说话，公孙策说："四弟的话很有道理，展大哥你还是听他们的吧。"展昭听公孙先生这么说，也不好再说什么了，只是心中暗自打算了。第二天一早，大家都来吃早饭，唯独不见了展昭，来到房中找他，才发现展昭留个字条，说他到陷空岛去了。众人大惊，不知道该怎么办。蒋平直埋怨自己说错了话，说："没办法了，现在只能禀明了相爷，明日我们兄弟三人就到茉花村，找丁氏二侠商量，见机行事。"众人听了，都觉得只能这样了。

且说展昭这日到了松江府，见了太守说明了来意。太守派手下人余彪送展昭到陷空岛。到了晚上，展昭和余彪出发，乘船来到了卢家庄。展昭对余彪说："你在这探听三天，如果我还没音信你就回去禀告太守。如果过了十天我还没回去，你派人到开封府送信就行了。"说完，弃舟登岸。这时是二更天，展昭趁着月色来至卢家庄。只见庄墙高大而坚固，大栅栏门锁得很结实。展昭敲着栅栏高声叫道："有人么？"只听里面应道："什么人？"展爷道："俺姓展，特来拜访你家五员外。"里面说："莫不是南侠御猫、护卫展老爷么？"展爷道："正是。你家员外可在么？"里面人说："在家，在家。等了展老爷好些日子了。稍等一下，容我禀报。"展爷在外面等了多时也不见出来，十分生气，又敲又叫。忽听得来了一个人，好像喝醉了似的嘟嘟囔囔地说："半夜三更这么大呼小叫的，连点规矩也没有！你要是不愿意等，你敢进来，算你是好汉！"说罢也不搭理展昭就进去了。

展昭不由得大怒，心想：这些庄丁们真是可恶，岂有此理！这明是白玉堂吩咐，故意激怒我。就算他有埋伏，也没什么可怕的。想罢,用手扳住栅栏,一翻身两脚飘起,倒垂势用脚扣住。将手一松,身体卷起,抓住墙头。往下一看,下面是平地。展昭怕有埋伏,投石问路,见没有异常才转身落下,直奔大门而来。来到跟前见大门已经锁上,展昭从门缝往里看,里面黑漆漆的什么也看不到。又到两旁的屋子看了看,连个人影儿也没有。展昭向西走,见到一个大门。上了台阶一看门竟然没有锁,门洞底下的天花板上高悬灯笼,上面有朱红的"大门"二字。迎面影壁上挂着一个绢灯,上写"迎祥"二字。展昭想:姓白的一定是在这里了,我进去看看。一边迈步一边留神,用脚尖点地而行。转过影壁,又见到两扇门,迎面四扇屏风,上挂方角绢灯四个,也是红字"元"、"亨"、"利"、"贞"。展昭上了台阶进了二门,仍是滑步而行。正中五间厅房并没有灯光,只有东角门内隐隐透出亮儿来,不知是什么地方。展爷来到东角门内,又有台阶,比二门又高些。展爷猛然省悟:原来这房子一层比一层高,竟是随山势盖的。上了台阶往里一看,见东面一溜五间房子都是灯烛辉煌,门却开在北头。到了北头,门正开着,屋里摆着桌子和椅子,展昭见有个人进去了。心想:这必是白老五,不肯见我,躲向里间去了,连忙也跟着进了里屋。掀起软帘,又见那人进了第三间,露了半边脸,看起来像白玉堂,只是有一个软帘相隔看不清楚。展昭一步到了门口,掀起软帘一看,只见他背对着门,头戴武生巾身穿花氅,露着藕色衬袍,足下官靴,俨然白玉堂一般。展爷说道:"五贤弟请了,为什么不和我见一面?"说着来到跟前一拉,转过来一看竟然是灯草做的假人,展爷说声:"不好!吾中计也!"刚想转身跑,感觉脚底下一软,原来早已经踩到了机关,蹬翻了木板,掉到了陷坑里。家丁们见有人掉进陷坑,连忙将展昭抓住,用绳子绑上。展昭到了此时只能任人摆弄,只听一个家丁说:"咱们员外正在睡觉,不要去打扰,先把他关到通天窟吧。"说着将展昭带到了一个山洞前,只见有个石门,是由山根凿出来的,虽是双门却有一扇是活的,另一扇是假门。假门上有个大铜环,庄丁上前用力把铜环一拉,上面有机关将那扇活门撑开,便把展昭推了进去。庄丁一松手,铜环往回一拽,那扇门就关上了,要不是从外面拉环是打不开的。展昭到了里面觉得冷森森,一股寒气侵入。原来里面像个井底,用油灰抹亮,向上望时可以看见天,明白了为什么叫"通天窟"。借着天光又见有一小横匾,上写"气死猫"三个红字。展昭长叹一声道:"哎!我展熊飞白白做了朝廷的四品护卫之职,不想今日误中奸计,被擒在此。"刚说完,只听有人叫"苦",把个展爷吓了一跳,才发现里面竟然还有一个人,忙问道:"你是何人?"那人道:"小人叫郭彰,乃镇江人氏。带女儿上瓜州投亲,没想到在渡船遇见头领胡烈,将我父女抢到庄上,定要把我女儿嫁给五员外为妻。我说女儿已有人家,今到瓜州投亲就是为完婚之事。谁知胡烈听了,就把我捆起来监禁在此。"展爷听了气冲牛斗,叫道:"好个白玉堂呀!还说是什么义士!你只是绿林强寇一般。我展熊飞若能出此陷阱,我与你誓不两立。"郭彰又问了展爷因何至此,展昭便说了一遍。忽听外面嚷道:"带刺客!带刺客!员外立等。"只见石门被打开,展昭正要见白玉堂替郭老辩冤，便气愤愤地跟庄丁来到前厅，只见灯烛光明，中间坐一人，白面微须，是江湖号称白面判官的柳青，这个人是白玉堂的好友，此人面善心狠。旁边陪坐的正是白玉堂。

展爷见此情景，如何按捺得住，双眼一瞪，一声吆喝道："白玉堂！你将俺捉住要怎么样？讲！"白玉堂回过头来，假装吃惊地说："哎呀！原来是展兄。手下人为何对我说是刺客呢？"连忙过来为展昭解开绑绳说："小弟实在不知展兄驾到，只知擒住刺客，不料是'御猫'，真是意想不到之事！"又问柳青道："柳兄不认得么？此位便是南侠展熊飞，现授四品护卫之职。好本领，好剑法，天子亲赐封号'御猫'便是。"展爷听了冷笑道："可见山野的绿林，无知的草寇，不知法纪。我展某今日误中了你的奸计，是我运气不好。"白玉堂听了以为展昭说的是气话，嘻嘻笑道："小弟白玉堂行侠仗义，从不打劫抢掠，展兄何故口口声声说小弟为山贼盗寇？"展昭说："你此话哄谁！既不打劫抢掠，为何将郭老儿父女抢来，硬要霸占人家女儿。那老儿不答应，你便把他囚禁在通天窟内。这种行为，还不能说是山贼吗？还敢大言不惭说'侠义'二字，岂不令人活活羞死！"玉堂听了惊讶地问道："展兄此事从何说起？"展昭便将在通天窟遇郭老的话说了一遍。白玉堂道："既然知道是胡烈，此事便好办了。展兄请坐，我立即办理此事。"急令人将郭彰带来。不多时郭彰被带到，家丁指着白玉堂道："这是我家五员外。"郭老连忙跪倒，向上叩头口称："大王爷爷，饶命呀，饶命！"白玉堂说："那老儿不要害怕。我不是山贼盗寇，也不是大寨主。"郭彰把事情的经过对白玉堂说了一遍，玉堂问："你女儿现在何处？"郭彰道："听胡烈说将我女儿交与后面去，不知是何去处。"白玉堂立刻让人带胡烈来。不一会儿胡烈来了，白玉堂笑容满面说："胡头儿，你连日辛苦了！最近在忙什么啊？"胡烈说道："没什么大事，昨日有父女二人坐船，小人见他女儿颇有姿色，又与员外年纪相仿，因此将他们留下，与员外成其美事，不知员外意下如何？"白玉堂听了并不动气，反倒哈哈大笑道："不想胡头儿你竟为我如此挂心。"原来这胡烈还有个兄弟叫胡奇，都是柳青推荐到这里来的。胡烈说："小人来伺候员外，一定要尽心竭力。"以为这样说一定讨白玉堂的喜欢。白玉堂对展昭说："展兄可听明白了，这事不是我做的。"展昭知道了真相，也不说话了。白玉堂又问："此女现在在何处？"胡烈说："已交小人妻子好生看待。"白玉堂说："很好。"喜笑颜开，凑到胡烈跟前，冷不防用了个冲天炮泰山势将胡烈踢倒，拿起宝剑将胡烈左膀砍伤，疼得胡烈满地打滚。柳青看了，白脸上青一块红一块，心中好生难受，又不敢劝解，又不敢拦阻。只听白玉堂吩咐家丁将胡烈带下去，明日交松江府办理。叫人把郭老女儿领到厅上当面交给郭彰，又问他："还有什么东西？"郭彰道："还有两个箱子。"白玉堂连忙命人即刻抬来，叫他当面点明，取了二十两银子赏了郭老，又派了头领何寿带领水手用船将他父女二人连夜送到瓜州，不可有误，郭彰千恩万谢而去。

此时已经五更天了，白玉堂笑盈盈地对展昭说："展兄，此事若非兄台被擒在山窟之内，小弟如何知道胡烈所为，险些儿坏了小弟的名声。但小弟的私事已结，只是展兄的官事该怎么办呢？展兄此来一定是奉了相爷的命令来拿我回京城，但是我白某难道就这样随了兄台去吗？"展昭说："那依你怎么样呢？"玉堂道："也无别的。小弟既将三宝盗来，如今展兄必须将三宝盗去。倘能如此，小弟甘拜下风，情愿跟随展兄上开封府去，如果不能盗去，展兄也就不必再上陷空岛了。"话外之意是叫展昭从此以后隐姓埋名，再也不必上开封府了。展昭听了连声道："很好，很好。我要问明白了要用多少时间？"白玉堂说："时间短了，显得我为难展兄。如今定下十日期限，过了十日，展兄可悄悄地回开封府吧。"展昭说："谁与你斗口！俺展熊飞只需要三日就能盗回三宝，到那时你可不要说话不算数啊。"玉堂说："如此更好。若要改口，岂是大丈夫所为？"说罢，彼此击掌。白爷又叫家丁将展昭送到通天窟内，可怜南侠被禁在山洞之内，手中又无利刃，如何能脱此陷阱，又怎么能盗回三宝呢？

再说郭彰父女跟随何寿乘船出庄，走了没多远，忽听后面有人说："不要走了，员外还有话说。"何寿听了有些迟疑，心想：难道员外变卦了不成？正想着，后面的船像箭一样来到跟前，有一人跳到船上。趁着月色，何寿看见胡奇手拿利刃，怒目横眉地说："何头儿，你把他父女两个留下。我要为我兄长报仇。"何寿听了当然不肯，胡奇举起刀来照着何寿砍下去，何寿没带兵器，提起一块船板挡了一下。此时郭彰父女吓得直喊："救命！救命！"正在这千钧一发之际又来了一只快船，上面站着五六个人，有人喊道："不要行凶，快快把刀放下。"胡奇哪里肯听，此时船已经来到近前，跳过来三个人，激战了一番才将胡奇制服,众人将胡奇和郭彰父女二人带到了大船之上。原来这船是丁家的巡夜船,因听见有人呼救才赶来了。回到茉花村,有人马上向丁氏二侠禀告。兄弟二人听见拿住个谋害人命的人,也顾不得天晚,连忙来到待客厅上。二位侠客先把郭彰的女儿郭增娇送到自己的妹妹月华小姐的住处,然后将郭彰带上来细细地追问,又问胡奇的来历,正在讯问之时,忽见有丫鬟来禀告:"老太太叫二位官人去见她。"

要知道丁母见儿子有什么事,且看下回分解。

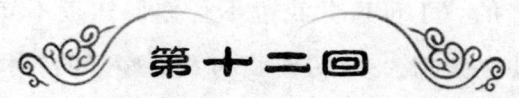

第十二回
陷空岛展南侠被救
开封府包大人荐贤

且说丁家兄弟听见丁母叫他二人说话,大爷说:"母亲深夜叫我们干什么啊,是不是知道刚才的事情了?"二爷说:"不用猜疑,咱弟兄进去便知分晓了。"弟兄二人往后而来。

原来郭增娇来到月华小姐住处后,丫鬟们七嘴八舌地问是怎么回事。郭增娇便说起如何被掠,如何被姓展的搭救。刚说到此,跟小姐的亲近丫鬟就追问起姓展的是什么样的人。郭增娇说:"听说是什么御猫,现在也被困住了。"丫鬟听到展爷被擒就告诉了小姐,小姐听了大吃一惊。原来这小姐早已经和展昭订了婚,如今知道了未来的丈夫有危险,怎么能不着急呢?小姐带着郭增娇来到老太太房内,老太太又细细地问了一番,想道:展姑爷既来到松江,为何不到茉花村,反往陷空岛去呢?或者是兆兰兆蕙明知此事,却暗暗地瞒着老身不成。想到此,疼女婿心切,立刻叫他二人来见。二人来到老太太房中,见小姐躲出去了。丁母面上有些怒色,问道:"你妹夫展熊飞来到松江,如今已被人擒获,你二人可知道吗?"兆兰说:"我们本来不知道的,只因方才问那老头儿,才知道展兄早已在陷空岛呢。他其实并没有来茉花村,孩儿等不敢撒谎的。"丁母道："我也不管你们知道不知道。哪怕你们上陷空岛跪门去，我只要我的女婿好好的。我算是将姓展的交给你们二人了，如果有什么不测我是不依的。"兆蕙道："孩儿与哥哥明日急急访查就是了，请母亲好好休息吧。"二人连忙退出。二人回到厅上，马上派四名家丁准备船只，护送郭彰父女上瓜州，郭彰父女千恩万谢地去了。

此时天已经亮了，大爷与二爷商议，以送胡奇为名，暗暗探访南侠的消息。次日，丁大侠带上两个家丁押着胡奇来到卢家庄内。早有人通知白玉堂。白玉堂已经从何寿那里听说胡奇替兄报仇的事情，后又听说胡奇被北荡的人拿去，将郭彰父女救了，料定茉花村必有人来。如今听说丁大官人亲送胡奇而来，就明白是为了南侠，眼珠一转有了主意。白玉堂迎出门来，将丁大侠让到厅房，又和柳青彼此见了。丁大爷先把胡奇的事情说了，白玉堂自认失察之罪，又谢兆兰护送之情，吩咐将胡奇胡烈一同送官查办，留下丁大爷饮酒畅叙，丁兆兰说话谨慎，丝毫不露出来意。酒至半酣，丁大爷问起："五弟在京城都干什么了？"白玉堂便说："我到开封府盗了三宝，将展昭引到陷空岛。他自投罗网，已被我捉住。我念他是个侠义之人，以礼相待。谁知姓展的不懂交情。我一怒之下，将他一刀……"刚说到此，只听丁大爷失声说："哎哟！"虽然"哎哟"出来，却连忙改口说："贤弟，此事闹大了。岂不知姓展的是朝廷的命官，你若真要伤了他的性命，岂不是背叛朝廷吗？"白玉堂笑吟吟地道："别说朝廷不肯甘休，包相爷那里不依；就是你也不肯与小弟善罢甘休吧。小弟不至于糊涂地将他杀害，刚才是个玩笑。小弟已将展兄好好照顾，等过几天小弟便将展兄交给仁兄。"丁大爷原是个厚道之人，听了白玉堂这一番奚落，也就无话可说了。

白玉堂将丁大爷拘留在螺蛳轩内，左旋右转也出不来。兆兰无可奈何，又打听不出展昭在何处，整整闷了一天。到了掌灯之后，只见一老仆从轩后不知何处过来，带领着一个八九岁大的小孩，长得方面大耳，很像卢方。那老仆向前参见了丁大爷，又对那小孩说："此位是茉花村丁大员外，小主人上前拜见。"只见这小孩深深鞠了一躬，口称："丁叔父在上，侄儿卢珍拜见。奉母亲之命，特来与叔父送信。"丁兆兰这时才知道是卢方之子，连忙还礼，问老仆道："你主仆到此何事？"老仆道："小人名叫焦能，奉主母之命前来送信：五员外把护卫展老爷拘留在通天窟内，又把大员外拘留在螺蛳轩内。大员外须急急写信，小人即刻送到茉花村交给二员外。"又听卢珍道："家母说此事须要找着我爹爹，大家共同计议方才妥当。"丁大爷连连答应，立刻写了封信交给了焦能。

且说兆蕙在家等了哥哥一天也不见回来，到掌灯后跟着丁大爷的两个家丁回来禀告："大员外被白五爷留住了，要过几天才回来。大员外悄悄告诉小人说：'展姑爷还不知下落，要细细访查。'叫告诉二员外，老太太跟前就说展爷在卢家庄很好。"丁二爷听了说："是了，我知道了，你们歇着去吧。"两个家丁去后，二爷想着这事很奇怪，一夜没有睡好。天还没亮，忽见庄丁进来禀告："今有卢家庄的老仆焦能，说给咱们大爷送信来了。"二爷道："将他带进来。"不多时，焦能进来，将丁大爷的书信呈上。二爷打开一看才知道白玉堂将自己的哥哥拘留在螺蛳轩内，顿时怒气冲天，心想一定要到卢家庄把大哥救出来。正在想着怎么去救，外边又有人禀告："卢家庄的卢员外等人从东京而来，特来拜望。"二爷说声："快请。"自己也迎接出来了。彼此相见，互相问候。二爷将他们迎进了客厅，焦能见到老爷也上前参见，卢方问："你不在家，怎么在这里？"焦能便将为丁大侠送信的事说了，大家才知道了展昭和丁大侠都被困在了陷空岛。卢方刚要说话，只听蒋平说："此事得要大家一起想办法才行，可是我身体有病，要告假。"丁二侠问："四哥你怎么了？"蒋平说："不是我偷懒，只是我与五弟向来不和，去了恐怕不好。再说我好像得了痢疾，肚子疼得很。虽然我不去，但是为大家出主意还是行的。"丁二侠说："四哥，有什么主意你就快说吧，我们都听你的。"蒋平说："此事还要真的麻烦你了，你要到陷空岛先救展昭，接着盗回三宝，再同展昭在五义厅的东竹林等候，大哥和二哥在五义厅的西竹林等候。等到大家聚齐了，一起闯进去，那时候五弟就难以脱身了。"大家听了，都觉得是个好计策。丁二侠说："可是我不熟悉陷空岛的地形啊。"蒋平说："可以先让焦能回去，给你做内应，今天晚上让他为你指路。"二侠听了说："这下可好了。"焦能也领命而去。

看看天色已晚，大家饱餐了一顿，收拾好了行装。卢方和徐庆先走了，丁二侠也和蒋平告辞，自己驾着一叶小舟往蚯蚓岭而来。到了地方，二侠上岸，将小舟藏在芦苇深处。二侠上了岭，见小路崎岖难行，好容易上到高峰之处，却不见焦能。二爷心里纳闷：此时已有二更，焦能怎么还不来呢？就在平坦之地，趁着月色往前面一望，只见碧澄澄一片清波，光华荡漾，不觉诧异道：原来此处还有一湖水！再细看时，水波汹涌异常，前面竟然没有路。心中又是焦急又是懊悔：早知此处有水，就不该约在这里见面，理当乘舟而入。——又不见焦能，难道他们另有什么诡计么？正在胡思乱想，忽见顺流而下，有一人跑过来。丁二爷留神一看，却听见那人道："二员外早来了？恕老奴来迟。"兆蕙道："来的可是焦管家吗？你怎么能踏水前来呢？"焦能问："哪里的水？"丁二爷道："这一带汪洋岂不是水？"焦能笑道："二员外看差了，前面乃青石潭，这是我们员外随着天然地势修成的。慢说夜间看着是水，就是白昼之间远远望去也是一片大水。如果不知道的，早已绕着路往别处去了。本庄子的人都知道其中奥妙，这水下全是一片青石砌成，二爷请看，凡有波浪处全有石纹，这也是一半天然，一半人力凑成的景致。"说话间到了潭边，丁二爷慢步试探而行，果然平坦无疑，心下暗暗称奇，口内连说："有趣，有趣。"又听焦能道："过了青石潭，那边有个立峰石，穿过松林便是上五义厅的正路，这路比进庄门近多了。员外记明白了？老奴也就要告退了，省得俺家五爷生疑。"兆蕙道："有劳管家指引。"焦能顺着斜刺里的小路走了。

丁二爷继续前进，果见前面有个立峰石。但见松柏参天，黯黑的一望无际，隐隐的见东北一点灯光，忽悠忽悠而来。转眼间，又见正西一点灯光也奔这条路来。丁二爷心想这可能是巡更人，暗暗隐在树后。忽听东北来的说道："六哥,此时你往哪里去?"又听正西来的道:"什么差使呢,冤不冤咧,弄了个姓展的关在通天窟内。员外说李三儿总是喝醉酒,不放心,派了我帮着他看守。方才员外派人送了一桌菜一坛酒给姓展的,我想他一个人也用不了这些。我和李三儿商量商量,不如给姓展的送进一半去,咱们留一半受用。谁知那姓展的不知好歹,他说菜是剩的,酒是浑的,坛子也摔了,盘子碗也砸了,还骂了一通。老七,你说可气不可气?因此我叫李三儿看着,他又醉得不能动了,只得我回员外一声儿。这个差使,我真干不来。别的罢了,但挨这个骂,我真不能答应。老七,你这时候往哪里去?"那东北来的道:"六哥,休再提起。你才说弄了个姓展的,我们那里还有个姓柳的呢,如今又添上茉花村的丁大爷,天天一块吃喝,吃喝完了把他往咱们那个窟儿里一关,也不叫人家出来,又不叫人家走,怕泄了什么天机似的。刚才那姓柳的要瞧什么'三宝',故此我奉员外之命上连环窟去。六哥,咱们也不用抱怨了,等着大员外回来再说罢。"正西的道:"可不是这么说呢,只好混罢。"说罢,二人各执灯笼,分手散去。

且说那正西来的叫姚六,那东北来的叫费七。他二人路上说话,不提防树后有人窃听。姚六走得远了,费七被丁二爷追上,从后面一伸手将他的脖子掐住,按倒在地说:"费七,你可认得我么?"费七细细一看道:"丁二爷,为何将小人擒住?"丁二爷道:"我且问你,通天窟在何处?"费七道:"从此往西去不远,再往南一点便看见石门,那就是通天窟。"丁二爷将费七的腰牌掀起,直奔通天窟而来。果然看见有道石门,那边又有草房三间。丁二爷喊道："李三儿哥,李三儿哥。"只看见有个醉汉趔趄着走出来问:"你是谁呀?"二爷道:"我叫费七,是五员外派来的。因姚六回了员外,说姓展的将酒饭砸了,员外不信,叫我将姓展的带去与姚六对质对质。"李三儿听了道:"好兄弟,你快将这姓展的带了去吧!他没有一顿不闹的。"李三儿将展昭带了出来,交给了丁二侠,又回去喝酒了。

走不多远,丁二侠刹住脚步,悄悄地说:"展兄可认得小弟么?"展昭听声音耳熟,仔细一看认出是丁兆蕙,不胜欢喜道:"贤弟从何而来?"二爷便将大家都来救他的话说了。二人按照计划来到五义厅东竹林内,听见白玉堂派了亲信白福到连环窟取三宝。展昭便在竹林里等着白福回来,不多时,只见白福提着灯笼走过来,展昭从背后抓住他,将他用绳子绑了,然后取包袱,谁知包袱却不见了,展昭吃了一惊。正在诧异间,只见那边人影儿一晃,展爷赶上前。只听"扑哧"一声,那人笑了。展昭倒吓了一跳,忙问道:"谁?"原来是三爷徐庆,便问:"三弟几时来的?"徐庆说:"小弟见展兄跟下他来,唯恐三宝有失,特来帮忙。不想展兄只顾绑白福,却把包袱抛露在外面不管。若非小弟收藏,这包袱不知落于何人之手了。"说话间,将包袱掏出递给展昭。展昭听了,佩服徐庆的细心。

二人离开松林,到了五义厅外面。只见大厅之上摆着酒宴,丁大爷坐在上首,柳青坐在东边,白玉堂坐在西边,左胁下带着展爷的宝剑。见他前仰后合,也不知是真醉还是假醉,信口开河道:"小弟告诉二位兄长说,总要叫姓展的服输到地儿,或将他革了职,连包丞相也得处分,那时小弟心满意足,方才出这口恶气。我只看将来我那些哥哥们,怎么见我?怎么回复开封府?"说罢,哈哈大笑。上面丁兆兰却不言语。柳青在旁,连声夸赞。徐庆听了白玉堂的话,心中按捺不住,手持利刃,冲进了大厅。口中喊道:"姓白的,先吃我一刀。"白玉堂正在那里谈得得意,忽见进来一人手举钢刀,又见刀临切近,将身向旁边一闪,将椅子举起往上一迎。只听"啪"的一声,将椅背砍得粉碎。徐庆又抡刀砍来,白玉堂闪在一旁,说道:"姓徐的,你先住手。我有话说。"徐庆听了道:"你说,你说!"白玉堂道:"我知你的来意,你们都想救展昭。但我有言在先,展昭如果能盗回三宝,我必随他到开封府去。他说只用三天,即可盗回。如今虽没到期限,他也没有将三宝盗回。你们如今仗着人多,想把他救出,三宝也不要了,也不管姓展的怎么回复开封府,怎么有脸面见我。你们不要脸,难道姓展的也不要脸吗?"徐庆闻听哈哈大笑道:"姓白的,你还做梦呢!"回身大叫:"展大哥,快将三宝拿来。"只见展昭拿着三宝进了厅内,笑吟吟地说:"五弟,我已将三宝取回。"

　　白玉堂忽然见了展昭,心中纳闷:他如何能出来呢?又见他手托三宝,外面包的包袱还是自己亲手封的,一点也不差,更觉诧异。又见卢大爷丁二爷在厅外站立。心中暗想:我如今要随他们上开封府,就灭了我的锐气;若不同他们前往,又食言了。正在为难之际,忽听徐庆嚷道:"姓白的,事到如今，你又有何说？"白玉堂正无计脱身，听见徐爷的话，拿起砍伤了的椅子向徐庆打去。徐庆急忙闪过，持刀砍来。白玉堂手无寸铁，便将葱绿氅脱下撕为两片，双手抢起，挡开利刃，急忙出了五义厅，奔西边竹林而去。卢方喊道："五弟且慢，愚兄有话对你说。"白玉堂也不搭理，直往西去。徐庆持刀紧紧跟随，白玉堂害怕他赶上，到了竹林密处，将一片葱绿氅搭在竹子之上。徐庆见了，以为白玉堂在此歇息，蹑足潜踪，赶将上去，将身子往前一蹿，一把抓住，道："老五呀！你还跑到哪里去？"用手一提，却是半片绿氅，玉堂不知去向。此时白玉堂已出竹林，竟往后山而去。看见立峰石，又将那片绿氅搭在石峰之上，越过山去。徐庆明知中计，又往后山追来。远远见玉堂在那里站立，连忙上前。仔细一看，却是立峰石上搭着半片绿氅，已知白玉堂去远，来不及追赶了。

　　再说剩下的人也正要去追白玉堂，只见徐爷回来说："五弟已经过了后山，去得踪影不见了。"卢爷说："这下可坏了！众位贤弟不知，我这后山是松江的江岔子。越过水面，那边就是松江。五弟他自己练的独龙桥，时常飞越往来，行如平地。"大家听了说："既有此桥，咱们为什么不去追他呢？"卢方摇头道："去不得，去不得！虽叫独龙桥，却不是桥；乃是一根大铁链，水底下有二根桩子，一根在山根之下，一根在那边的岸上，当中就是铁链。五弟因不会水，便常在这铁链上练习，没想到今天帮了他的大忙了。"众人听了都有点发怔。丁二侠说："不如我们去找蒋四哥商量一下吧，他的主意最多了。"众人听了也没别的办法，便又准备船只回茉花村找蒋平。

　　且说白玉堂来到了后山的山根下，以为可以凭借着铁链过江。仔细看时，吃了一惊。原来铁链已断，沉落水底。玉堂又急又气，唯恐后面有人追来。忽听芦苇之中，咿呀咿呀，摇出一只渔船。玉堂满心欢喜，连忙唤道："那渔船快过来，把俺渡到那边，自有重谢。"只见那船上摇橹的是个老头，对着白玉堂说："老汉以捕鱼为生，如今渡了客官，耽延工夫，岂不误了生意？"玉堂道："老丈，你只管渡我过去。到了那边，我加倍给你钱如何？"渔翁道："既然如此，老汉渡你就是了。"说罢，将船摇到山根。白玉堂上了船，那渔翁慢慢地把船撑到了江心，却不走了，说道："客官把钱先给老汉吧。"白玉堂说："老丈，你放心，我不会失信的。"渔翁说："这可难说啊，口说无凭，你拿什么作凭据。"白玉堂拗不过这老头，心想没带银子出来，只得把自己的衣服脱下来给渔翁了。渔翁接过来看说："这还差不多。"刚想继续走，从对面又过来一只小船，船头站着一个中年渔人，对着老渔翁说："老兄，你一大早就有生意了？"渔翁说："不是什么大生意，你帮我看看这衣服值多少钱？"说罢，将衣服抛到对面的船上。那渔人看了说："这衣服还值几个钱，足够你我喝一杯的了。"渔翁说："我正想着要喝几杯呢。走！咱们喝酒去吧。"说着就跳到对面的船上了，也不管船上还有个人呢。白玉堂见这渔翁不管他了，急得直叫，渔翁根本不理睬，那船飞也似的去了。白玉堂不会划船，撑着个篙，那船只在江中间打转，也不往前走。正在着急的时候，从船舱中出来个人，说道："五弟，别来无恙啊！"白玉堂一见，吃了一惊，原来是四哥蒋平，心想：不好，不好。他水性好,我这回可要遭他的暗算了。蒋平说:"五弟要不要喝点水啊?"没等白玉堂回话,只见蒋平将船翻了个个儿,白玉堂一下掉进了大江里,蒋平恐怕他喝多了水有危险,见他喝了几口昏了过去,便拽着衣领把他拖到岸边。岸边早有人等候,见蒋平都说:"四老爷成功了。"七手八脚帮着把白玉堂抬回了茉花村。此时丁大侠和其他人都已经回到了茉花村,发现蒋平不在都纳闷。忽见人们抬着浑身湿淋淋的白玉堂进来了,问蒋平是怎么回事?蒋平才将自己的计划说明白了,大家都佩服蒋平料事如神。

再说这白玉堂被捉了,知道自己这次是输了。但是见大家都没有嘲笑他,反而好言相劝,展昭也是赔着笑脸。这才明白了自己的过错,答应回开封府领罪。大家都很高兴,陪着白玉堂回到开封府。包大人见白玉堂一表人才,本领高强,便向皇上奏本,皇上加封四品护卫之职,大家都替白玉堂高兴。只是卢方面露难色,蒋平说:"大哥,你是不是挂心二哥的下落。"卢方说:"是啊,如今我们兄弟团聚,只差你二哥,叫我如何不伤心。"蒋平说:"大哥不必伤心,我愿意去找二哥,一定将他带回来。"卢方听了这才稍稍安心,蒋平也准备起身找韩彰。

要知后事如何,且看下回分解。

蒋平智擒白玉堂

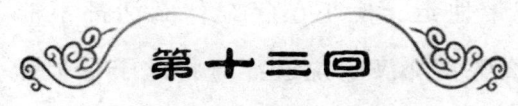

第十三回
紫髯伯有意除马刚
丁兆兰无心遇莽汉

　　上回说到白玉堂终于归服，丁氏二侠见事情结束，因惦记着母亲便要回家，大家都挽留了一番，怎奈归心似箭，两个人与大家告别回家了。闲言少叙，这一日回到家中，丁氏老太太惦记着女儿与展昭的婚事，便让大爷丁兆兰到展昭的老家修理房屋，准备来年结婚。大爷遵母命出门去了，这一日走的饿了，找了一家酒馆吃饭，正在吃饭之时见对面桌上坐着一人，只见这人碧睛紫髯，长相与别人不同。丁大侠一看喜出望外，原来是他。

　　原来这人就是大名鼎鼎的北侠欧阳春，只因他长着紫巍巍的一脸长须，大家都称他"紫髯伯"。丁大侠本来就认识北侠，此刻故人相遇格外亲热。两个人便坐在一起，喝酒聊天。忽听楼梯声响，一个汉子拽着一个小孩上了楼。只见那小孩两眼泪汪汪，那汉子怒气冲冲，找个座位坐了，那小孩也不敢坐。楼梯响处，上来了一个老头儿，一眼看见那汉子，连忙上前跪倒，哭诉道："求大叔千万不要动怒，小老儿虽然欠你的钱，但我一定会还给你的。只是这孩子,你不能带他走。他小小年纪什么活都不能干,大叔带去能干什么呢?"那汉子说道:"俺将此子带去做个家仆,等你把钱还清了再让他回来。"那老头儿着急地说:"这个小孩不是我的亲人,是一个客人的侄儿,寄养在小老儿铺中的。要是此人回来,小老儿拿什么还他的侄儿?望大叔开恩,给我点时间,我把铺子卖了还你钱。"说罢,连连叩头。只见那汉子将眼一瞪说:"谁有工夫听你在这唠叨,还是三天后把钱拿来赎人吧。"

丁大侠和北侠见这人如此无理,正要为老汉出头。忽见有个书生打扮的人来到那人面前说:"学生姓倪,名叫继祖。你与老丈到底为了什么事情,能不能说明白?"那汉子说:"他欠我的银两还没还,我要把这个孩子带去见我们庄主作抵押,你不要管这闲事。"倪继祖说:"如此说来,你是替你家庄主要账了,但不知老丈欠你家庄主多少银两?"那汉子说:"他借过银子五两,三年未还,每年应加利息银五两,共欠纹银二十两。"那老者说:"小老儿曾还过二两银,怎么欠了这么多?"那汉子道:"你虽然还过二两银子,但利息是照旧的,难道你没听过'归本不抽利'么?"这些话惹得丁大侠和北侠两个人再也坐不住了,过来问:"他除了还你的,还欠你多少?"那汉子道:"还欠十八两。"倪继祖见他二人满面怒气,唯恐生出事来,急忙拦道:"这点小事,二兄不要和他计较。"回头向自己的老仆说:"倪忠,取纹银十八两来。"只见老仆拿出银子,连整带碎的约有十八两,递与相公。倪继祖接来刚要递给那恶奴，丁兆兰说："且慢。当初借银两时可有借据？"恶奴道："有，在这里。"掏出来递给倪相公，倪相公也把银子给了他，那人见有人还钱当然高兴，接过银子便走了。

老者见倪继祖仗义疏财为自己还了债，跪下就给倪生叩头。倪继祖连忙搀起问道："老丈贵姓？"老者说："小老儿姓张，在这镇市上开个汤圆铺。三年前曾借太岁庄马二员外五两银子，是托此人的说合，他叫马禄。当初没过几个月就还他二两，谁知他仍按五两算了利息，被他敲诈了这么多的银子，反拖累相公多花了这么多银两，小老儿何以为报。请问相公这是要往哪里去？"倪相公说："这点小事何足挂齿。学生原是去京城，预备明年科考，路过此处，不想遇见此事。"丁兆兰说："老丈，你过来喝杯酒吧，压压惊。"张老听了，知道这两位是侠义之人，便坐在一起聊起来了。丁大爷一边喝酒，一边打听太岁庄。张老儿说马刚仗着宫内总管马朝贤的威势无所不为，甚至还有造反之心，边说边唉声叹气。北侠在一旁不说话，听丁大侠和那老者聊天。此时，倪继祖主仆二人吃完饭和老者与二位侠客告辞，那老者说："恩公要走了，我送送你吧。"也跟着下了楼。

张老走后丁大侠对北侠说："这太岁庄的人也太霸道了，难道就看着他们欺压这一方的百姓吗？"北侠说："贤弟，咱们喝酒，莫管他人的闲事。"丁大侠听了心想：听说北侠武艺超群，豪侠无比。如今听他的口气，好像不是这样的人。或者是他不了解我的想法，含糊其词也是有的。不如我索性说明了，看他怎么说？想完又说道："我们要行侠仗义，扶危济困。要依小弟主意，不如将这恶人除去，才是正理。"北侠听了连忙摆手道："贤弟小点声说话，岂不闻窗外有耳？如果走漏了风声就不好了，贤弟恐怕是喝醉了吧？"丁大爷听了暗笑：好一个北侠，怎么这么胆小？真是"闻名不如见面"，可惜我没有带着刀出来，要不就可以结果了那个恶人。转念又一想，有了。今晚何不与他一同住宿，我暗暗盗了他的刀去行事。事成之后，回来奚落他一场，岂不是件快事？主意已定便说："果然小弟不胜酒力，有些醉了。兄台还不用饭吗？"北侠说："我早就饿了，只不过一直陪着贤弟。"丁大侠便回头唤堂官，要了饭菜点心来。不多时，堂官端来，二人用毕，结账下楼。

丁大爷假装着喝醉了说道："小弟今日有些累了，想在这里住一晚。不知兄台意下如何？"北侠道："既然如此，我也停留一日吧。"这话正合了丁大侠的心意。二人来到一座庙宇前，看十分清静，便决定在这里住一晚。进来一看有个跛足道人，说明暂住一晚，明日多谢香资。道人连声答应，把他们引到一个小院，里面有三间小房，极其僻静。二人都说："很好，很好。"放下行李，北侠将宝刀挂在墙上。丁大侠留心看了一眼，彼此坐下闲谈。丁大爷暗想：方才在酒楼上，唯恐耳目众多，或者他不肯说真话。如今在庙内，十分僻静，让我再试探他一回。丁大侠又提起马刚的坏处，尤其还有造反之心,便说:"你要是除掉了这个恶人,不但为民除害,而且也算为国除害,岂不是件美事?"北侠笑道:"贤弟的话虽然有理,但马刚既有此心,他一定会严加防范的。常言说'知己知彼,百战百胜'。如果我们没有计划就去,恐怕不妥吧?"丁大侠听了更不耐烦,心里想:明明是他胆小,反而说这些话来扫我的兴。我也不管他了,等我做成了大事,叫他瞧瞧我的手段。到了晚饭时,那瘸道人端了几碗素菜和馒头米饭,二人囫囵吃完。丁大侠因瞧不起北侠,态度有些怠慢,所谓"话不投机半句多"了。谁知北侠更有讨厌的地方,他吃饱了就困了,张着嘴只打呵欠。丁大侠心想:就他这样的酒囊饭袋,也敢称个"侠"字,真是令人可笑!顺口儿道:"兄台既有些困倦,何不请先安歇呢?"北侠道:"贤弟若不见怪,我就先睡了。"说罢,枕了包裹。不多时,便呼声震耳。丁大爷不觉暗笑,自己也就盘膝打坐,闭目养神。

到了二更,丁大侠悄悄将大衫脱下来,穿上夜行衣。未出屋子,偷了北侠的宝刀,背在背后。只听北侠的呼声更大了,心中暗笑:无用之人,只好给我看衣服。等一会儿事完成功,看他如何见我?想完,连忙出了屋门,越过墙头,直奔太岁庄而来。一二里路,不一会儿就到了。看了看墙很高,也不用软梯,便飞身跃上墙头,这也是丁大侠的本领高强。原来此墙是外围墙,里面才是院墙。落下大墙,又上里面院墙。丁大侠慢步轻声,到了耳房,想着从房上进去,岂不省事。两手扳住耳房的边砖,刚要纵身,觉得脚下砖一滑。低头看时，见蹬的砖就要掉下来了。要是一抬脚，这块砖一定掉下来。心想：这砖头要是掉了，肯定惊动了人，要松手却又来不及了，只得用脚尖轻轻地碾力，慢慢地转动，好不容易将那块砖稳住了。这才两手用力，身体一长，上了耳房。又到大房，爬在后坡里略为喘息。只见仆妇丫鬟往来行走，要酒要菜，彼此传唤。丁大爷趁空儿到了前坡，趴在房檐窃听。

只听屋里面众姬妾卖俏争宠，燕语莺声："千岁爷，为何喝了捏捏红的酒，不喝我们挨挨酥的酒呢？奴婢是不依的。"又听有男子哈哈笑道："你放心！你们八个人的酒，孤家挨次儿都要喝一杯。只是慢着点儿饮，孤家是喝不惯急酒的。"丁大侠心想：这就是马刚了吧，怪不得张老儿说他有造反之心，他竟敢称孤道寡起来。这样的人不除去，如何使得？想罢，用倒垂势，把住椽头，将身体贴在前檐之下，却用两手捏住椽头，倒把两脚撑住凌空，换步到了檐柱，用脚登定。将手一撒，身子向下一顺，便抱住大柱，两腿一抽，盘在柱上。头朝下，脚朝上，"哧""哧""哧"顺流而下，手已扶地。转身站起，瞧了瞧此时无人，隔帘往里偷看。见上面坐着一个人，年纪不过三十多岁，众姬妾围绕着，正在胡言乱语。丁大侠一见不由怒从心上起，恶向胆边生，回手抽刀。不摸还好，摸了吓了一跳。原来宝刀不见了，只剩下刀鞘。猛然想起要上耳房之时，脚下一滑，身体往前一栽，想是将刀甩出去了。自己在廊下手无寸铁，难以站立。又见灯光照耀，只得退下。见迎面有块太湖石，暂且藏于后面，往这边偷看。只见厅上突然没动静了，那些姬妾从帘下一个一个爬出来，嚷道："了不得了！千岁爷的头被妖精取了去了！"一时间，太岁庄人声鼎沸，家丁不知道发生了什么事情，都跑过来看热闹。丁大侠在石后听得明白，心里纳闷：这个妖精有趣，替我办了件大事，我也不必在此了，干脆回庙里吧。想罢，从石后绕出，到了墙边将身一纵出了院墙。又纵身上了外围墙，轻轻落下。脚刚着地，只见有个大汉奔过来，对着自己"嗖"的就是一棍。丁大侠急忙闪身躲过，谁知大汉一连就是几棍。亏得丁大侠反应快，都躲过了，要不早就挨打了。正在此时，只见墙头坐着一人，掷下一物，将大汉打倒。丁大侠赶上一步，将这个大汉按住。墙上那人飞身下来，将刀往大汉面前一晃说："你是何人？快说！"丁大侠看从墙上下来的不是别人，正是胆小无能的北侠欧阳春，手中所拿的刀就是他的宝刀。心中明白原来是自己错怪了北侠，又是惭愧又是佩服。只听大汉说："罢了，罢了！花蝶呀，咱们是对头。不想俺弟兄皆丧于你手！"丁大侠说："你这大汉好无礼，谁是花蝶？"大汉说："难道你不是花冲么？"丁大侠说："我叫丁兆兰，不姓花。"大汉说："如此说来，是俺认错人了。"丁大侠放了他，那大汉站起来掸掉身上的尘土，见衣裳上一片血迹说："这是哪里的血呀？"丁大侠一眼瞧见地上放着一颗首级，便知是北侠把马刚给杀了，刚才北侠就是用这个把大汉打倒的，连忙说："此地不宜久留，咱们到别处去说吧。"

　　三人离开了太岁庄，大爷丁兆兰问大汉："足下何人？"大汉说："俺姓龙名涛，只因那花蝴蝶花冲将俺哥哥龙渊杀害。俺怀仇在心，一定要替兄报仇。无奈这花冲行踪诡秘，谲诈多端，至今也没找到他。方才是我们伙计夜星子冯七告诉我，说有人进马刚家内。俺想马刚家中姬妾众多，必是花冲又相中了哪一个；因此持棍前来，不想遇见二位。方才尊驾提兆兰二字，莫非是茉花村丁大员外吗？"丁大侠说："我就是丁兆兰。"龙涛说："俺久仰大名，不想今日相遇。——又险些儿误伤了好人。"又问："此位是谁？"丁大侠说："此位复姓欧阳名春。"龙涛道："哎呀！莫非是北侠紫髯伯吗？""正是。"龙涛道："妙极！俺要报杀兄之仇，没想到今日幸遇二位。没什么说的，只恳求二位帮助我。"说罢，纳头便拜。丁大侠连忙把他扶起来说："何必如此。"龙涛说："二位不知，小人在本县当个捕快。昨日奉县令的命令，要捉捕马刚。小人昨天领了差事，一来查访马刚的破绽，二来暗寻花蝶的行踪。无奈自己本领不济，恐怕不是他的对手。因此求二位义士帮助帮助。"北侠说："原来是这样，马刚已死，你也不必管了。只是这花冲，我们不认得他，怎么帮你的忙呢？"龙涛说："那花冲也是少年公子模样，但是武艺高强。因他最爱采花，每逢夜间犯案，鬓边必簪一枝蝴蝶，因此人们都叫他花蝴蝶。他经常到热闹的地方去游玩，要是见了美貌的妇女，他必要到人家采花。这厮造孽多端，作恶无数。前日听说他要上灶君祠，小人还要上那里去找他。"北侠问:"灶君祠在哪里?"龙涛说:"在此县的东南三十里,也是个热闹的地方。"丁大侠说:"现在离开庙会还有半个月的时间,我要回趟家。咱们到时候在灶君祠会齐,如果这花蝶临时换了地方,你可派人到茉花村给我们送个信,我们好帮你。"龙涛说:"大官人说的极是,小人就此告别。冯七还在那里等我听信呢。"

北侠和丁大侠回到庙里,来到屋中,换了衣服。丁大侠将刀鞘还给北侠,说道:"原物奉还,不知道仁兄什么时候把刀拿走的啊?"北侠笑道:"就是贤弟用脚稳砖的时候,这刀就到了我的手里了。"丁大侠笑道:"仁兄真是位英雄,弟不如你啊。"北侠笑道:"岂敢,岂敢。"丁大侠又问:"那些姬妾为什么说是妖精取了千岁的头呢?"北侠说:"我们行侠仗义的时候,最好不要声张,而要机密。能够隐藏的,宁可不露本来面目,只要能斩恶除强,扶危济困就行了,又何必一定叫人知道呢?就是昨天在酒楼及庙内说的那些话,劝贤弟以后再不要这样鲁莽,我们遇到事情要小心提防,计划周密,这样才有可能把事情做好。"丁兆兰听了,连声道:"仁兄所说的很对。"又见北侠从怀中掏出三个软搭搭的东西,递给丁大侠说:"贤弟请看妖怪。"兆兰接来一看,原来是三个皮套做成的皮脸儿,不觉笑道:"小弟从今天才知道仁兄是两面人。"北侠说道:"贤弟有所不知,我这样做还有一个好处。"丁大侠问:"还有什么好处呢?"北侠说:"那马刚既然称孤道寡,应该是个有权势的人。你若以本来面目去杀他,他家人一定会报官,这不是给地方官带来了麻烦吗。如今改了面目,这些姬妾肯定会添枝加叶的说这妖怪有多可怕,即使报了官,你家出了妖怪也是没法的事情。你想想,这不是省了很多的麻烦吗?"丁大侠听了觉得十分有理,对北侠也更加佩服了。

第二天,丁大侠邀请北侠到家中作客,等到日期近了一同上灶君祠捉拿花冲。北侠是无牵无挂之人,也不推辞,两个人一同回茉花村了。

要知后事如何,且看下回分解。

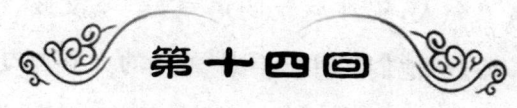

第十四回
丧尽天良花蝶犯法
替天行道众侠除害

上回说到北侠跟随丁大侠到茉花村作客，兄弟二人盛情款待，暂且不表。再说四爷蒋平化装成道人的模样，四处寻找二哥韩彰。

这一日太阳西斜，四爷来到一座庙前，匾上写着"铁岭观"三个字。心想：天晚了，正好就在此处休息一晚再走。想着来到跟前要敲门，没想到门开了，里面出来一个老道，手里提着酒葫芦，正摇摇摆摆地往外走。蒋平见了连忙上前稽首说："天色已晚，小道想在仙观借宿一晚，不知仙长答应否？"那老道听了，有点不耐烦地说："你没看我正忙着打酒吗？等我打完酒再说吧。"蒋平说："仙长不必忙了，小道替你去打吧。"那老道十分高兴，马上变了另一番口气。四爷替老道把酒打回来，两个人边喝边聊。四爷说自己姓张，又问老道名姓，原来叫胡和。这庙的当家的叫吴道成，绰号铁罗汉，武艺高强，但是人品不端。过了会，这胡和喝多了，信口开河说："你不知道，我们这个当家的本是强盗出身，因为畏罪才在庙里藏着，最近有个朋友总来找他，鬼鬼祟祟地不知道干什么。

昨晚他们抓了个人,锁在后院的塔里,至今没放。"蒋平听了心中一动,问道:"他们抓住的是什么样的人呢?"胡和说:"是个身材魁梧的大汉。"蒋平听了吓了一跳,心想不会是我二哥吧,四爷装着没事的样子继续和胡和喝酒,直喝得胡和酩酊大醉,人事不知。四爷却在那里想对策。

到了夜深人静的时候,四爷收拾停当,直奔后院而来。果然见有三间砖塔。走到跟前听见里面有人嚷嚷:"好呀!你们将老爷捆在此,不言不语,到底想怎么样?快快给老爷一个爽利呀!"四爷听了不是二哥韩彰的声音,悄悄问:"你是谁?不要嚷!我来救你。"说罢,走到跟前把绳索挑去。那大汉问:"你是什么人?"四爷说:"我姓蒋名平。"大汉失声说:"哎哟!莫不是翻江鼠蒋四爷吗?"蒋平道:"正是。你不要高声。"大汉道:"幸会,幸会。小人龙涛,是到这里找花蝶报仇的,不想反被他们拿住。"四爷听了问:"你可知我二哥在哪里?"龙涛说:"没有遇见什么二爷,昨晚是夜星子冯七给小人送的信,让我到观音庵拿花蝶。我爬进墙去,看见一个细条身子的人与花蝶动手,于是我跳下墙去帮忙。后来花蝶跳墙,那人比我武功高多了,也就飞身跃墙,把花蝶追至此处。等我爬进墙来帮助,不知那人为什么反倒越墙走了。我本不是花蝶对手,又搭上个黑胖的道人,如何敌得住,就被他们擒住了。"蒋爷听了心想:据他说来,这细条身子的人倒像我二哥。只是因何又越墙走了呢?走了又往何处去了呢?

原来此人真的是韩彰,自从他离开京城后想到杭州游玩,一路上总是听到别人说什么花蝶,细细打听才知道是个采花的淫贼。韩彰听了心想：原来还有这样的恶贼，我一定要为民除害。这日来到了个镇店，叫桑花镇，听说近来有几家姑娘被人害了，人们都说是花蝶干的。到了晚间，二爷夜行打扮，悄悄地到各处查访。到了一座尼姑庵，匾上写着"观音庵"，二爷刚要走，忽见墙头有一道黑影跳进了庵里。二爷一惊，心想：莫非是花蝶。也紧跟着跳了进来。绕过了大殿，只见有三间草房，只有东边的屋子亮着灯。窗上的影儿是个男子，最奇怪的是鬓角边插着一个蝴蝶。二爷悄悄地蹲在窗外听，只听花蝶说："仙姑，我如此哀求，你还不同意。不要把我惹生气了，你还是依了好。"又听有一女子声音："不依你，便怎样？""凡是被我看上的没有能逃得了的，何况你这女尼。"又听女尼说："我也是好人家的女儿，不想今日遇到你这恶魔，只求一死罢了。"忽听花蝶说："你这贱人竟然敢以死吓我，我就杀了你！"二爷听到这里，见灯光一晃，花蝶手起一晃，可能是拿刀。二爷高喊一声："恶贼，休得无理。"只见屋里顿时一片黑，一条黑影跳出来，二人在一起动起手来。正在难分难解之时，从墙头上跳下一个大汉，举着朴刀照着花蝶劈来。花蝶对着大汉一刀，大汉一闪，险些儿栽倒。花蝶趁机跃上墙头，二爷也跟了上去。这大汉绕大殿，自己开了山门，也顺着墙往北追下去了。二爷追了三里多地，又见花蝶跳进了一座庙宇，二爷也跟着进去。追到后院一看有三座小塔，当中的大些。花蝶便往后隐藏，二爷步步跟随。二人绕着塔转了半天，这时那大汉也赶来了，一声高喊："花蝶！往哪里走？"花蝶扭头一看，故意脚下一滑，身体往前一栽。

二爷伸手要抓，突然觉得左肩一阵发麻，暗说：不好！中了暗器了。急忙跳出了墙，奔回客店去了。这花蝶见走了一个，便有了精神，和那大汉打了起来。又见来了一个黑胖的道人，也帮着花蝶。没几个回合，二人便把大汉抓住了，锁在了后院里。这大汉就是龙涛，那个黑胖的道人就是吴道成，受伤逃走的就是二爷韩彰。

　　此时四爷问龙涛："你方才看见花蝶和吴道成进来吗？往哪里去了？"龙涛说："往西是一片竹林，他们往那里去了。"四爷说："你在此等一等，我去去就来。"转身来到林边一望，但见粉壁光华，乱筛竹影。借着月光浅淡，翠阴萧森，但是却没有找到门。蒋爷暗想：看这样子是板墙，里面必有机关，且到跟前看看。绕过竹林来到墙根，踱来踱去地查看。看到有些竹笋有些奇怪，伸手一摸好像是活动的。四爷用手指一按，只听"咯噔"一声，墙上出现了个小门。蒋爷暗暗欢喜，悄悄进来，见三间正房，对面三间敞厅，两旁有抄手游廊。正房西间内灯烛明亮，有人在谈话，四爷来到窗外偷听。只听有人唉声叹气，有一人劝慰道："贤弟，你真是想不开，一个尼姑有什么要紧。"说话的是吴道成。又听花蝶道："大哥，你不晓得。自从我见了她之后就神魂不定，偏偏她不答应。要是别人，我花冲也不知杀了多少。唯独舍不得杀她，这如何是好呢？"吴道成听了哈哈笑道："我看你是着了迷了，不如我给你出个主意，这事一定成。"花蝶说："大哥要是成全了我，就是叫我给你磕头都心甘情愿。""咕咚"一声就跪下了。蒋爷听了暗笑："人家为媳妇拜丈母，这小子为尼姑拜老道，真是无耻。"只听吴道成说："贤弟请起，我早已想了一计。"花蝶问："有何妙计？"吴道成说："我明日找个人假装到她那里烧香，让他带些蒙汗药，下到她的饮食中，将她迷倒，你说怎么样？"花冲大笑道："好妙计，好妙计！大哥，你真要如此，方不愧你我是生死之交。"

四爷在外听了，恨得切齿咬牙：这两个无耻之徒，在这里陷害好人。想罢，转身来到门前高声叫道："无量寿佛！"喊完了躲在了竹林深处。此时屋内的人早已听见。吴道成到了院中问："是谁？"并无人应。转身看见门被打开，便知有人，连忙出了板墙，左右一看没见有人，心想：这可能是胡和喝醉了闯到这里来。想着来到了竹林里，撩开衣服，腆着大肚，在那里小解。四爷在暗处看得真切，右手攥定钢刺，复用左手按住手腕。说时迟，那时快，只听"扑哧"一声，吴道成腹上已着了钢刺，鲜血淋漓，一命呜呼了。四爷抽出钢刺，就在恶道身上抹干净血渍，别在背上，仍奔板墙门而来。只听花蝶问："大哥，是什么人哪？"四爷也不回答，直奔正屋而来，用手轻轻将门帘撩开往里偷看，正看见花蝶要走到软帘跟前。蒋爷就势儿左手腕一翻，明晃晃的钢刺朝着花蝶后心刺下来。只听"嗤"的一声响，把背后衣服划开，从腰间至背都受了伤。花蝶疼痛难忍，往前一挣，跳到院内。也是他不该死，虽然刺着了但并不重，只是皮肉伤，此时已出了板墙，蒋爷在后面紧紧追赶。花蝶钻进了竹林里，四爷有心要赶上，猛见花蝶跳出竹林，将手一扬。四爷暗说："不好！"把头一扭，觉得冷飕飕从耳旁过去,板墙上"啪"的一声响。蒋爷便不再追赶,眼见花蝶飞过墙去了。四爷回来找龙涛,将方才的事说了一遍。四爷问:"咱们现在到哪去呢?"龙涛说:"我与冯七约定在桑花镇相见,四爷何不一同前往呢?"四爷说:"我就和你一起去。"二人来到东厢房内,见胡和横躺在床上大睡。蒋爷穿上道袍,在外边桌上拿了渔鼓简板,旁边拿起算命招子,装了钢刺。二人离开铁岭观,直奔桑花镇而来。

到了桑花镇,红日已经东升。龙涛说:"四爷辛苦了一夜,此时也不觉饿吗?"四爷说:"很好,我正想吃些东西。"说着话,正走到饭店门前,二人进去。刚坐下,只见小二从水盆中提了一尾欢跳的活鱼来。蒋爷见了连夸道:"好新鲜的鱼!你给我们一尾。"小二说:"这鱼不是卖的。"蒋爷问:"为什么?"小二说:"这是一位军官爷病在我们店里,昨日给了小人银两,好容易寻了数尾,预备给他养病的。"蒋爷听了想:我二哥与老五最爱吃鲤鱼,在陷空岛时吃东西不香,就用鲤鱼熬汤来开胃。难道这军官就是我二哥不成?蒋爷只顾想,龙涛不管三七二十一先要了菜。不一会儿,见小二端着一盘热腾腾香喷喷的鲤鱼往后面去了。四爷悄悄跟着,来到一个房间外面。小二进去了,四爷在外面等,等小二出来了,四爷点破窗户纸一看,不是别人正是自己找的二哥韩彰,顿时喜出望外敲门进去。韩彰见到四弟也很高兴,兄弟二人诉说经过,四爷才知道原来二爷中了花蝶的暗器,不得已在这里养伤。四爷听了说:"二哥不必担心,小弟会照顾二哥的,等伤好了,我们再去找那花蝶报仇。"二爷点头答应。龙涛和四爷每日照顾二爷，没几天二爷的伤势就好了。这一天，三人正在吃饭，见夜星子冯七找到了店里，风尘仆仆、满头大汗地说："我已经打听明白了，那姓花的已逃往信阳，投奔邓家堡了。"龙涛说："我们只好赶到信阳，再作打算。"便叫冯七参见了二爷和四爷。韩彰问蒋平："四弟，我们下一步怎么办？"四爷说："花蝶丧尽天良，不如二哥与小弟同上信阳将花蝶拿获，一来除了恶人，二来给龙涛报了大仇，三来二哥到开封也觉有些光彩。不知二哥意下如何？"韩爷点头说："你说得有理，只是如何去法呢？"蒋平说："二哥仍是军官打扮，小弟照常道士打扮。"龙涛说："我与冯七装作生意人，到时候见机行事。还有一事，我与北侠和丁大侠早有约定。如今既上信阳，须叫冯七到茉花村送信才是，省得他们二位跑冤枉路。"夜星子听了满口应承，定准在诛龙桥西河神庙相见。龙涛又对韩蒋二人说："冯七这一去还要几天工夫，明日我先赶赴信阳，二员外多休息几日，我们在河神庙会齐就是了。"计议已定，夜星子收拾收拾立刻起身，直奔茉花村而来。

这一日来到茉花村，门上庄丁进来禀告："外面有个姓冯的，求见员外。"北侠说："他来得正好，请进来。"冯七进来说："小人夜星子冯七参见丁大侠。"丁大侠问："你从何处而来？"冯七便将龙涛追花蝶，观中遭擒；如何遇蒋爷搭救，刺死吴道成，惊走花蝶；又如何遇见韩二爷；现今打听明白，花冲逃往信阳，大家都定准在诛龙桥西河神庙相见的事，从头到尾说了一遍。北侠问："你什么时候回去？"冯七道："小人前来送信，还要即刻赶到信阳，同龙二爷探听花蝶的下落呢。"丁大侠说："既然如此，我也不便留你。"冯七又对北侠说："我们约定在诛龙桥西河神庙相见。"北侠说："知道了，我认识那庙里的方丈慧海。"冯七送完信便走了。此时，兆蕙看望母亲回来。北侠问："二弟，伯母身体怎么样？"丁兆蕙说："老人家虽比昨日好些，只是没什么精神。"北侠说："老人家既然欠安，二位贤弟还是不要离开家了。还是我一人去信阳，二位贤弟以为如何？"二人见老母身体不好，本来也不想走，见北侠这么说连忙答应："那就听大哥的。等母亲身体好点，我二人再赶赴信阳。"北侠道："那也不必，到时候只要一人去就可以了。"二侠摆上丰盛的酒席为北侠饯行，酒饭已毕，北侠提了包裹，彼此珍重了一番，送出庄外，执手分别。

单说北侠出了茉花村，上了大路直奔信阳而来。一日，来到信阳境内，北侠找到了诛龙桥西的河神庙，见有几个人围着一个卖煎饼的大汉，北侠仔细一看原来是龙涛，心想：他早来了。上前故意问："伙计，借光问一声。"龙涛抬头见是北侠，笑嘻嘻地说："客官，你要问什么？"北侠说："这庙里可有闲房？我要等一个朋友。"龙涛说："有，闲房多着呢，就是俺住不起。"北侠说："多谢，多谢。"转身进庙，见了慧海，彼此问好，北侠就在东厢房住下。这日北侠与方丈下棋，见外面走来一人，贵公子的打扮，衣服华丽，品貌风流，手里提着马鞭。慧海上前招呼，这人说他姓胡，来此借宿。北侠在旁细看，此人面上一团英气，只是目光不正。心想：可惜这样一个人，都被这一双眼睛带累坏了。正在想时，忽听外面有人嚷："王二弟,王二弟。"说着话,见一人扒着门,往里悄悄看北侠,又看了看那公子。北侠一见是夜星子冯七。小和尚问:"你找谁?"冯七说:"我是张三,来找我老乡王二弟。"小和尚说:"你是找卖煎饼的王二弟吧,他在后面的厨房里呢。你从东角门进去就瞧见厨房了。"冯七听了,转身往厨房去了。

北侠见了,装作散步的样子也来到后面,见二人在那边的树下说话。北侠一见,对着二人使了个眼色,便往东走,二人在后面跟着。到了没人的地方,北侠问冯七:"你怎么比我晚到了?"冯七说:"说来话长,我离开茉花村后第三天就遇到了花蝶,我一直在后面跟着他,因此来晚了。"北侠问:"你遇到他了?那他现在在何处?"冯七说:"也在这庙里。"北侠说:"难道就是那公子吗?"冯七说:"正是他,他说自己姓胡。"龙涛说:"既然他来到这里,北侠想怎么办呢?"北侠说:"不知道他有什么动作,我们静观其变,不要打草惊蛇了。"说罢,三人分开回到庙里。晚上掌灯后北侠没有点灯,从暗处盯着花蝶的房间,开始屋内灯光明亮,后来忽见灯影一晃,仿佛蝴蝶一样,紧接着灯光灭了。北侠精神一振,心想:他要干什么?只见门开了,一条黑影出来飞身上房。北侠赶忙出来,上房追赶,四下一看却不见人,暗道:好快的腿。见那边树上落下二人,北侠一见是冯七和龙涛。三人聚在一起,埋伏起来等着花蝶回来。谁知等了一夜,根本没见花冲的影子。你说这花蝶又跑到哪里做坏事呢?原来花冲要到邓家堡投奔神手大圣邓车,想到空手而去不光彩。听说附近小丹村有一个有钱的乡宦,家里有价值连城的宝珠灯,便想偷了这灯作见面礼。

那天晚上花冲就是去偷这灯了。他本以为手到擒来，没想到人家设了机关，花冲中了机关被捉住。员外派人看着，想明日送到官府。可是半夜里有人杀了看守的人，将花蝶救走了。员外见出了人命，赶紧报官了。这件事一出，附近的人都知道了，北侠等人怎么能不知道呢？

北侠和龙涛、冯七猜测这花蝶一定是到邓家堡去了，正商量着怎么办？忽见外面进来一个军官，金黄面皮，细条身子，另有一番英雄气概，别具一番豪侠精神。那军官看见北侠，来到跟前问道："足下莫非就是欧阳兄吗？"北侠道："小弟欧阳春，尊兄贵姓？"那军官说："小弟韩彰，久仰仁兄大名，今日幸会。不知什么时候到这里的？"北侠说："来此三日了。"韩彰说："如此说来，龙头领与冯七他们也到了吧。我因身体不适才晚到了。"说着话彼此就座，龙涛问韩彰："怎么没看见四爷啊？"韩彰说："随后就到了，因他打扮成道士，不方便一起走。"接着大家把花蝶到小丹村盗宝，逃往邓家堡的事情说了一遍。韩彰说："我四弟足智多谋，等他来想个主意。"大家听了也只能这样，等蒋平来了再做打算。

不想到了晚上蒋四爷就到了，大家在一起喝酒叙旧十分高兴，又谈到花蝶之事，蒋平说："既然知道他去邓家堡，明日我就去探访一番。如果掌灯的时候小弟还没回来，劳烦众兄弟们也去。"众人答应了。

到了次日，蒋平仍是道家的打扮，提了算命的招子赶往邓家堡。谁知这日正是邓车的生日，四爷来到门口往里看，正赶上邓车送客人出来，花蝶也陪着。花冲一眼看见四爷，想起在铁岭观刺杀自己的人,便让人把四爷抓进去严刑拷打,四爷咬紧牙关就是不说话。到了晚上,邓车大摆筵席招待客人,花冲也离开了。再说北侠等人见四爷还没有回来,知道可能是出事了,便按照计划来到邓家堡。北侠和韩彰进了邓车家,其余的人在外边等着。二人跳到前厅的房上,北侠对韩彰说:"你在这里等我,我去找。"说罢,开始四处寻找四爷,终于在前面的空房间找到受伤的蒋平。北侠赶忙将四爷身上的绳子解开,四爷说:"我这浑身的伤倒是不要紧,只是四肢捆得麻了,你还是把我放在一个地方才好。"北侠说:"放心,随我来。"一伸臂膀将四爷夹起来往东就走。过了夹道,来到一个花园内,见那边有个葡萄架。北侠悄悄地说:"委屈你在这里休息一下吧。"说罢左手一顺,将四爷双手托起,像举个小孩子一样,轻轻放在架上,转身从背后将七宝刀拿出来,直奔前厅而来。

谁知看守四爷的人吃饭回来见四爷不见了,忙跑到厅上向花蝶和邓车报告。二人听了就知不好,花蝶提了利刃,邓车摘下铁靶弓,挎上铁弹子袋,手里拿上三个弹子。刚出大厅,北侠早已经在外面持刀等候。邓车扣上一颗弹子,把手一扬,"嗖"的就是一弹。北侠知他弹子有功夫早有防备,见他把手一扬,把宝刀扁着一挡,只听"当"的一声,弹子落地。邓车见打不着来人,一连就是三弹,都被北侠挡掉了。旁边的花蝶看邓车不占上风就要过来帮忙,不想忽然脑后生风,一回头,见明晃晃的钢刀劈了下来,说声"不好",把身一闪,用刀往上一挡。哪里知道韩彰刀沉力猛,花蝶的刀被震得飞了起来。

四义士勇擒花蝶

花蝶见了早没有魂了，一俯身奔后花园跑去。正是他倒霉，无处藏身便藏到葡萄架下，他如何想到架子上还有个人呢！此时四爷的四肢已经活动开了，猛听脚步声响，定睛一看，见一个人躲在架子底下，正是花蝶。四爷想：可惜我现在没有兵器，有了，我何不砸他一下。想罢，蜷上双腿，紧抱双肩，往下一翻身，"扑哧"一声正砸在花蝶的身上，把花蝶砸得往前一扑，险些儿摔个狗啃泥。幸亏两手扶住，只觉得两耳嗡嗡直响，眼冒金星，说声"不好"，一挺身，奔那边墙根去了。

此时韩彰已经赶到，四爷爬起来说："二哥，花蝶往北逃了。"韩彰嚷道："恶贼，往哪里走？"花蝶将身一纵，上了墙头。韩彰用刀一刺，花蝶又跳了下来，往东边跑了。忽听有人嚷道："哪里走，龙涛在此。""嗖"的就是一棍，好花蝶！身体灵便，竟然将棍躲过，又往西跑了，谁知早有韩彰拦住。南面是墙，北面是护城河，花蝶此时已经慌不择路，奔着北面的桥而来。刚刚到了桥的中间，却被一人劈胸抱住，说道："小子，你不洗澡吗？"说着，二人滚到了桥下。原来抱住花蝶的是四爷，花蝶不会游泳，此时哪里还能挣扎，被四爷灌了几口水后便昏了过去了。此时韩彰、龙涛、冯七都赶到了，四爷托起花蝶，龙涛将他提到了桥上绑好。韩彰说："你们到外面等我，我去接应北侠。"且说北侠将邓车的弹子挡开，邓车已经心慌了。又见韩彰来帮忙，更加无心恋战，飞身上房逃走了。

且说众位侠客终于将这罪恶滔天的花蝶捉住，第二天告知了当地的官员,押送到开封府,了结了这桩公案。卢方、徐庆、白玉堂见韩彰和蒋平回来十分高兴,展昭更是热情招待。包大人对各位侠客的英勇行为进行了表彰:韩彰被封了校尉之职,龙涛留在开封府里任职。北侠因不愿意做官,回到茉花村找丁氏二侠去了。

要知后事如何,且看下回分解。

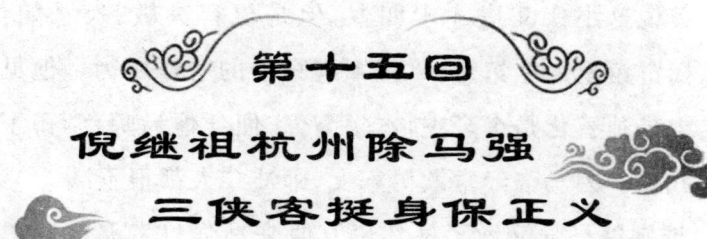

第十五回
倪继祖杭州除马强
三侠客挺身保正义

且说北侠在茉花村住了一段日子,这一天对二位侠客说要走。二侠问:"大哥要去哪里呢?"北侠说:"我想到杭州一带游玩。"二侠为北侠钱行还送到庄外,各道珍重,彼此分手。

北侠上了大路,一路游山玩水十分高兴。这一日到了杭州境内,沿途听人说:"这下可好了!杭州的太守换了,听说是个清官,我们的冤枉可有处诉了。"北侠一打听才知道这新上任的杭州太守就是曾经接济了张老的倪继祖。自从接济了张老后,倪继祖主仆二人到了京城,考试完毕,倪继祖中了第九名进士,到了殿试又钦点了榜眼。可巧杭州太守缺人,皇上便任倪继祖为杭州太守。倪继祖刚上任就收到了许多的状子,都是告霸王庄马强的。原来这马强就是太岁庄马刚的弟弟,二人都是仗着朝中总管马朝贤的势力胡作非为。这马强家中盖了个招贤馆,接纳各处的英雄好汉。有些江湖上的混混也冒充好汉到这里混吃混喝,但其中也有几个真正的好汉,因为没有去处,暂且在他家里栖身。其中有名的就是除了南侠、北侠、丁氏二侠之外的三位侠客,他们是黑妖狐智化、小诸葛沈仲元和小侠艾虎。

　　单说这小侠艾虎才十四岁，但是机智灵敏、疾恶如仇。他在招贤馆里做个馆童，一直不满马强的所作所为。他见众人之中唯独智化是个豪杰，本领高强，便拜他为师，学得了一身的武艺。因马强经常欺男霸女，师徒二人都很不满。

　　谁知这马强又做了件坏事。原来马强打发恶奴马勇去为他讨债，债主叫翟九成，因为还不起钱，孙女锦娘被马勇抢到了庄里。这锦娘虽然外表柔弱，但性格刚烈，手里准备了把剪刀，见了马强就一剪刺过去，把马强吓了一跳。不禁怒气冲天，吩咐手下把她关在地牢里。翟九成见孙女被人抢去，急得顿足捶胸，号啕大哭。越想越绝望，站起来找了一株柳树，解下腰带就要上吊。忽听旁边有人说："老丈休要如此，有什么事情想不开呢？"翟九成回头一看，是一个碧眼紫髯的大汉，便将自己的遭遇对他说了一遍。这大汉正是北侠，听了翟老汉的哭诉，北侠说："他如此霸道，你怎么不去告他呢？"翟老汉听了说："到哪里去告呢？如今的当官的都是一家，怎么能为我们小老百姓做主呢？"只见那边过来一个老汉说："听说新任的倪太守十分廉洁，你为什么不去那里告呢？"北侠细看这人觉得自己好像在哪里见过，又听这人说："你要是没人写状子，我家主人可以给你写。"翟老汉听了千恩万谢。北侠顺着老汉指的方向朝树下看去，一看认出了这主人就是倪继祖，心想：他不就是新任的太守吗？原来是微服出巡啊。

　　原来这两个人就是倪继祖和倪忠，倪继祖听说了马强的恶行，特地出来微服私访的。再说倪继祖帮助了翟九成写了状子,翟九成就要去衙门告状。谁知冤家路窄,马强带着恶奴出来,正好看见了翟九成,也把他捉回去了。马强破口大骂:"你的孙女竟然敢拿剪刀刺我,我已经将她打入地牢了,正要去找你,没想到你自己竟然送上门来了。"翟九成此时虽然十分害怕,但是仍说:"你这恶人,我正要去衙门告你呢。恨不得立刻报仇雪恨,方遂我的心愿。"马强听了更生气了,说:"你还要告我,你有状子吗?"翟老汉说:"刚才有个好心人替我写了,怎么样?"马强听了说:"搜!"那些恶奴一哄而上,从翟老的身上搜出来了那张状子,递给了马强。恶贼看了一遍,一言不发,暗道:好厉害的状子!这是什么人给他写的?正想着,见对面来了二人,一个骑马,一个步行。骑马的是个书生打扮的人,步行的是个老者。马强见了心中一动:会不会就是这两个人给那个翟老头写的状子。吩咐手下人:"快把那两个人抓来。"手下人不容分说,把倪继祖主仆二人也捉回去了。

回到了霸王庄,进了招贤馆,马强命人将倪继祖和倪忠带上来。马强坐在上头问道:"你叫什么?"倪继祖不想暴露了自己的真实身份,说:"我叫李世清。"马强又问:"你到这来做什么?"倪继祖说:"我是到这里进香的。""那你的香袋行李怎么都不见了?"倪继祖说:"我已先派人送去了。"马强听了没有找到丝毫破绽,正在犹豫之时,谁知旁边有人曾见过新任的太守,将倪继祖认出来了,对马强说这就是太守。马强听了也吓了一跳,不知道怎么办才好。站在一旁的小诸葛沈仲元见此情景心生一计,便说:"员外不要着急也不要害怕,不如先把他锁在空房子里。等到晚上夜深人静的时候再把他提出来,看看他怎么说。如果说得好便罢,说得不好到时候把他杀了也不迟。"马强听了也只好如此。沈仲元这是一招缓兵之计,想着到了晚上将倪继祖放出来。

马强回到房中,对妻子郭氏说了这件事,谁知这些话被服侍郭氏的丫鬟听去了。这个丫鬟叫朱绛贞,也是被马强抢到家里来的,因马强害怕妻子,不敢动她,才送到郭氏的房里当丫鬟。如今她知道太守被关在府里,心想不如趁着这机会放了倪继祖,为自己报仇。打定了主意,绛贞打着灯笼一直来到关着倪继祖的空房门前,可巧无人看守。原来那些人以为这两个人一个是文弱书生,一个是年迈的老人,根本没有看守。倪继祖和倪忠正没主意呢,看见开门,以为是贼人来害他们,不由地惊慌失色。忽见一个女子进来,都十分惊讶。绛贞对二人说:"不要怕,我是来救你们的,快跟我走吧。"二人听了喜出望外,赶紧跟着朱绛贞出来。走了没多远,来到了后花园的角门,朱绛贞用钥匙开门,谁知钥匙插进去却打不开,倪忠找了块石头,使劲儿砸开了。朱绛贞说:"你们赶快逃吧。"又对倪继祖说:"我也是被那恶贼抓来的,希望太守除了这恶贼,替我报仇。"倪继祖说:"姑娘请放心,我回去一定调动人马,救你出来。"话不宜多,主仆二人赶紧走了。

再说朱绛贞从花园回来,也吓得心乱跳,猛然想起被抓的锦娘,暗想:一不做,二不休。干脆把锦娘也救出来吧,免得她落得同我一样的下场。想完连忙到了地牢,幸好没有人看守。朱绛贞用钥匙打开了牢门,说明了来意。绛贞又将锦娘带到后花园的角门,锦娘感恩不尽,也逃命去了。如今好人都获救了,绛贞长出了一口气。转念一想,才觉得自己这次可闯了大祸了,要是事情暴露了,一定逃不掉了。算了,既然我救了太守,他一定会为我报仇的。我索性吊死在地牢,让他们以为是锦娘。也叫他们知道是我放了这些人,我也算是死得其所了。主意已定,来到地牢,将丝巾解下,拴好了套儿,一伸脖颈。不知过了多久,绛贞觉得香魂缥缈,悠悠荡荡落在一个人身上。渐渐苏醒,耳边听到有人说话。这说话的是谁?绛贞到底死没死?

原来朱绛贞已经上吊了。只因为马强白天在招贤馆将锦娘抢来,被其中一个人看到。他见锦娘花容月貌,便动了淫心。这人叫赛方朔方貌,是个小偷。他见马强把锦娘锁在牢里,便想晚上将人偷出来。没想到到了牢里,一进去就碰到了朱绛贞上吊自杀,他也没看清楚是谁,就将人放了下来,背在身后跑出了马强家。他一口气跑了三四里地,忽然对面来了一人,不容分说对着方貌就是一棒。方貌闪身躲过,嘴里说:"你是谁?为什么暗算我?"说着伸手夺过棍子,往怀里一带,又往外一送,只见那打闷棍的将手一撒,"咕咚"一声栽倒在地,爬起来就跑。方貌喊:"你这毛贼,敢暗算我?"绛贞就在此时醒了。那毛贼还没跑多远,见对面来了一人,这毛贼贼喊捉贼:"爷爷,快救救我啊。后面那人抢了我的包袱,还要杀我呢。"原来来的是北侠。北侠信以为真,对着方貌说:"你快把那包袱放下。"方貌以为是刚才打他的那人,捡起了地上的棍子对着北侠打来。北侠持七宝刀迎了上来,几个回合下来，只听"嚓"的一声，方貌的棍子被削成了两截，吓得他不敢再战，赶紧逃走了。北侠来到跟前，打开包袱一看发现是个人也吃了一惊，一问才知道是怎么回事。北侠让绛贞逃命，自己去寻找倪继祖主仆二人。

到了三更天，马强派人将倪继祖带来，手下人到了空房间一看早已人去屋空，赶忙回来禀告。马强闻听心想：这下可坏了。马上吩咐备马，带领人去追赶。只有黑妖狐智化和小诸葛沈仲元暗自欢喜，不知道是谁放走了倪继祖。再说倪继祖和倪忠还没跑多远，马强很快追上来，又将二人捉了回去。马强问道："是谁放了你们的，快说！"倪继祖心想不能害了朱绛贞，编了个谎话："是你的妻子可怜我，将我放了的。"马强也是气糊涂了，听了这话竟然信以为真，回到后面就找妻子算账。郭氏正坐在床上剔牙呢，见马强气呼呼地进来也不害怕，慢条斯理地说："你这是干什么？"马强本来是个怕老婆的人，此时也不敢发作，问道："是你放了那个倪继祖吗？"郭氏说："什么倪继祖，我连听都没听过。吃了饭我就在屋子里待着，哪里也没去。你这是发什么疯？"马强才将误抓了太守的事情说了，郭氏听了说道："这事有点奇怪，我刚才派朱绛贞去拿东西，她去了这么半天还没回来，是不是她放了太守？"马强听了让人去找朱绛贞，找了半天也没有找到。郭氏说："这事情八成是她干的，谁让你把她抓来的。要是她告到官府里该怎么办啊，官府一定会派人来救太守的。"马强听了，急得直搓手说："不好，不好！我得和手下人商量商量。"说罢，直奔招贤馆去了。

马强到了招贤馆,将手下的那些"贤人"都找来了商量对策。沈仲元和智化听了装作束手无策的样子,都不说话。只听有的人说:"员外不用害怕,兵来将挡,水来土掩。"有的说:"把这太守杀了,明日要是来人找,就来个死不认账,能把我们怎么样?"说得马强胆子也大起来了,头脑直发热,问道:"谁去把倪继祖杀了?"手下人马勇自告奋勇。智化说:"我和你一起去。"二人出了招贤馆来到地牢,智化见有人看守,对他们说:"你们歇着去吧,我们是奉员外之命而来的。"那些人乐得歇息,都走了。马勇纳闷地问:"为什么把他们支开啊?"智化说:"杀太守是件机密的事,知道的人越少越好。"马勇说:"还是你想得周到啊。"进了地牢,智化在前,马勇在后。智化对马勇说:"给你刀。"马勇回头接刀,说时迟那时快,智化一刀将马勇的头砍下。杀了马勇后,智化进来找到倪继祖说:"太守莫怕,等等我,我来救你。"说完,提着马勇的尸首,来到后园扔到井里。急忙又回到地牢救太守,一看太守竟然不见了。急得智化到处寻找,找遍了庄里也没找到。智化想:莫非他已经出了庄子? 想罢,出了庄子寻找,来到小树林见有道黑影儿一闪而过。智化赶上去,只听有人叫他:"智贤弟,愚兄在此。"智化一看认识,原来是北侠。问道:"是欧阳兄吗?"北侠说:"正是。"智化问:"大哥可曾见到一个书生打扮的人吗? 那是新任的太守,我正在找他。"北侠说:"贤弟莫慌,你看太守不是在这儿吗?"说着伸手一指那边的树下,智化看去,太守真的在那儿,此时倪继祖也过来感谢二位的救命之恩。三人在一起商量对策,决定明天二更动身,捉拿马强。正说着，听得"嗒嗒"的马蹄声响，智化一看是徒弟艾虎牵着一匹马来了。艾虎说："师父，我将太守的马盗出来了。"三人都夸奖艾虎机智伶俐。北侠说："你们师徒赶快回去吧，免得让人怀疑。我送太守回到衙署便回来。"明日二更一起行动，说罢彼此分别。北侠将倪继祖送到衙署，倪继祖说："多谢大侠，不如在这里休息，明日一起行动。"北侠说："我还是到别处吧。霸王庄南面有个瘟神庙，明天我在那里等候大人的人马。"北侠说完转身走了。太守马上调兵遣将，准备明天捉拿马强。

　再说马强派马勇去杀倪继祖，等了半天不见人回来。暗想：难道这马勇杀了太守，心中害怕逃走了？总是觉得不安心，唯恐官兵来抓人。整晚长吁短叹，连觉都没睡。第二天，马强准备了酒宴，在招贤馆和手下的人吃喝解闷。众人见马强无精打采的，知道是为了太守的事情，都说些大话给马强解闷。转眼一天又过去，到了晚上马强见没有动静，对众人说："各位辛苦了，都去休息吧。"马强回到屋子里和妻子郭氏说了会儿话，正要休息，忽见一个碧眼紫髯的大汉闯了进来，手持把冷森森的宝刀。马强一见早就吓得浑身哆嗦，更不用说郭氏了。来人正是北侠欧阳春，北侠说："不许喊！"说着将帐子的布撕下来，将他夫妇二人捆了，又把嘴堵上。回身出了卧房，来到花园，击掌三声，只听外面顿时喊声四起，倪继祖带着官兵一拥而入，杀进了霸王庄。马强的那些"贤人"见官兵来了，都吓得抱头鼠窜。小诸葛沈仲元、黑妖狐智化和小侠艾虎见官兵来了十分高兴，也帮着捉拿坏人，霸王庄很快被平定了。

　　倪太守和众位英雄将马强和郭氏押回了衙门，上报了朝廷，朝廷降旨对马强严加惩治。坏人得到了应有的下场，各位英雄得到了表彰。这正是"善恶到头终有报，劝君莫做犯法人。"

北侠勇擒马强